U0805515

# 愿你的孤独不负走过的路

蔡尖尖 —— 著

江苏凤凰文艺出版社
JIANGSU PHOENIX LITERATURE AND ART PUBLISHING, LTD

图书在版编目（CIP）数据

愿你的孤独不负走过的路 / 蔡尖尖著．—南京：江苏凤凰文艺出版社，2017.8

ISBN 978-7-5594-0328-5

Ⅰ.①愿…　Ⅱ.①蔡…　Ⅲ.①散文集—中国—当代 Ⅳ.①I267

中国版本图书馆CIP数据核字（2017）第091819号

| | |
|---|---|
| 书　　名 | 愿你的孤独不负走过的路 |
| 作　　者 | 蔡尖尖 |
| 出版统筹 | 黄小初　侯　开 |
| 选题策划 | 郑丽丽 |
| 责任编辑 | 姚　丽 |
| 装帧设计 | 千　千 |
| 责任监制 | 刘　巍　江伟明 |
| 出版发行 | 江苏凤凰文艺出版社 |
| 出版社地址 | 南京市中央路165号，邮编：210009 |
| 出版社网址 | http://www.jswenyi.com |
| 印　　刷 | 三河市航远印刷有限公司 |
| 开　　本 | 880×1230毫米　1/32 |
| 字　　数 | 120千字 |
| 印　　张 | 8 |
| 版　　次 | 2017年8月第1版，2017年8月第1次印刷 |
| 标准书号 | ISBN 978-7-5594-0328-5 |
| 定　　价 | 36.80元 |

影视版权抢订热线　13911704013

江苏文艺版图书凡印刷、装订错误可随时向承印厂调换

如果当时我
换个态度靠近你，
你会不会对我印象好一些？

人生就是这样无常。
你欣喜若狂，如找到了那只走失的爱猫，它喵喵叫着飞扑向你，
搂入怀中绒毛的触感，毛下温暖的身体，
呼呼噜噜的发嗲声与平时毫无差异，而你在狂喜后，
看看周围，突然明白过来——你在做梦。

荷西问三毛："你想嫁个什么样的人？"
三毛说："看得顺眼，千万也嫁。看得不顺眼，亿万富翁也嫁。"
"那你要是嫁给我呢？"荷西问道。
三毛叹了口气说："要是你的话，那只要够吃饭的钱就够了。"

——《撒哈拉沙漠》

曾经炼你的丹炉之火，是你后来火眼金睛的因。
不悲不喜，不失不忘，或许在某年某月某日，
偶然想起曾经的伤痛，那就笑笑曾经的年少风流。

# 目录

C O N T E N T S

## *Part 1 人生虽有孤独，但请你足够相信*

## *Part 2　这个世界需要一个清醒的你*

## *Part 3　鼓起对抗黑夜的勇气*

## *Part 4　世间的伤痛终被时光锻造成钢*



## *后记　孤独，是你爱自己的最高形式*

## 序

# 生活应该是你征战过的沙场

这一年渐渐迷上同一类文章，带有绝对的现实意义。

它们讲婚姻中的鸡毛，讲人性中的脆弱，讲我这个年纪经历的绝大多数困惑。不似平白叙说的浅白，带点犀利，带点深刻，时常把心理学知识暗暗夹带其中，往往还来不及察觉，就带你从沟壑踏入了广袤的草原。

我的手指习惯转着圈寻找一个姓名，作者栏总是被“蔡尖尖”占据着。

我后来有幸认识她，比文字更加喜欢她的性格，干脆利落，坦荡诚恳，和我臆想的文章背后的形象妥帖地吻合——这女人活得骄傲，不允许自己糊涂。

这多么难得。往往，文字是一回事，人又是另一回事。

我对文字一直热爱，近几年把它当作营生，却眼见其令人担忧的走向——

文学的成分越来越少，浮躁成了文字的主题：没有恋爱经验的人写下长篇大论的恋爱技巧；浸身金钱的人鼓励人们去追求诗和远方；抓着一地鸡毛在婚姻中做困兽斗的人，分享着所谓的女人应寻求自由大胆做自己……

什么时候文字也成了便利店买的速食汉堡，剥开层层包装，又小又硬，缺失营养，并不是图片上松软热腾、肉汁丰盛的样子。

长叹一口气，还好有蔡尖尖这样的作家，一杯茶搁在手边，踏踏实实地写着走心的文字。

尖尖写作的范围很广，从十八岁的困惑青春直到三十多岁的矛盾人生。学业，工作，婚姻，家庭，育儿一长串的问题……皆是她经过，征战过，才赢过的战场。

尖尖的文字真实，清醒，绝不用故事含糊了事，绝不做速食文字输出者。理性思维中又带着文学的信仰，给之以接近完美的打磨，直到一个个落在饥渴已久的心灵上。

我喜欢“写自己心路”的文字，更加真实，且有参照价值。读蔡尖尖的书，有一种当年读武志红老师的感受。为什么武志红老师的书那么具有感染力？理智分析竟带给人热泪盈眶的感动，因为在剖析解答的背后，是武志红老师对抑郁曾有过的自我救赎，而抑郁深处的自省，则是重生，写下来，对别人，则是救赎。

这样的文字才具有价值。

我曾向尖尖诉说过诸多情绪上的苦闷，她从灵魂里筛选出来的有用经历，全部送给了我。真实，慷慨，从人性到文字中一并如此清澈，怎会读不畅快？

想想已是半年有余，我与尖尖讨论过写作的问题，我们有着共识，文字精雕细琢，反复打磨，用尽功夫，才能直到内心。

我好奇地问她："你为什么要写？"

她说："众生苦，而生活无常。如果我写出来的几十万字里，能够让一个人绕开自己人生路上的坑，又或者看穿纷乱表象下的真实面目，不为生活暂时困苦而失去信念，那么它就是值得的。"

忽然之间，感动莫名。

是日作序，愿每个在生活泥泞里跋涉的人，能够在她温暖细致的字里行间，犹如我一般，获得最为原始的力量。

**杨熹文**

# Part 1

## 人生虽有孤独，但请你足够相信

»

# » 别忘了，你是齐天大圣啊

## *1*

清理邮箱时，我发现了姚尧发来的邮件。这已经是两年后的事了。

看完邮件后，我打开了QQ，姚尧的头像还在好友列表里。空间动态消息一更新，大量她和孩子的照片就蹦了出来。我认真地看了一些说说和照片之后，轻声笑了，随后关上了对话框。

知道她现在过得幸福，我就什么都不需要提起，甚至作为她那段心酸过往的一个证人，我最好都不要出现，以免叨扰到她的生活。我从不认为她没有获取幸福的能力，她有，甚至比很多人强悍得多。

生活中，最可怕的就是——当你过得好的时候，有人在背后说闲话；当你落魄丢魂时，有人在等着看笑话；当你翻身的时候，有人非要挖出你的过往，撕开你才结好的痂。我想姚尧大概是看透了吧，这也就是为什么两年了，她只选择给我写了一封长长的邮件。信是一种被封存的记录，无须刻意提起，也不必矫情忘怀，不悲不喜，不失不忘，或许在某年某月某日，偶然发现了，那就笑笑曾经的年少风流。

曾经炼你的丹炉之火，是你后来火眼金睛的因。

## 2

“瞧你们这一个个垂头丧气的样儿，皮带系得松松垮垮的，怎么有精神？当年你们师兄我，教官说吸一口气！再吸一口气！腰带一拉就成了！”

“飞刀”师兄在我们这一堆横七竖八的躺尸面前，唾沫星四溅地发表着演讲，一边拧着T恤显示自己的黄蜂腰和若隐若现的腹肌。

“可是我忍不住松气笑了出来，教官一拳揍我肚子上，哎呀妈呀！”“飞刀”师兄唱作俱佳地一个被揍的惨样，顺势倒在草坪上，我们这群新生哈哈大笑起来。

“飞刀”师兄本姓是李，自称容貌直逼李寻欢，飞刀又见飞刀，江湖人称“飞刀”师兄。“飞刀”师兄大我们一届，是我们班的代理班主任之一，替我们那个神龙见首不见尾的班主任做管理工作。

姚尧就是在苦兮兮的军训生活里，爱上了每天为我们送温暖的开心果“飞刀”师兄。师兄个子不高，但是容貌确实颇像焦恩俊，棱角分明，留了胡须就稍微有点凶，又是个近视眼，他经常说眼镜使自己的柔化属性加成。而姚尧虽然长得普通，还剪着男生一样的短发，个子也不高，但神奇的是，在一群人里面，她永远都是焦点。

在我们还没有回过神的时候，“飞刀”师兄已经被姚尧擒拿在手，出双入对，到处可见连体婴般的身影。

## 3

大学时的我们就像是一群刚刚从牢笼中释放出来的鸭子，满山遍野地撒欢找吃食。

紧箍咒没了，离毕业这种残忍的事又太远；上课不点名的话，可以随便睡到天昏地暗；作业应付了事，做实验有小组同学帮打掩护的话，回来抄抄实验报告就没事了。

十八岁的我们，有的人埋头苦学，有的人彻夜打游戏，有的人为社团鞠躬尽瘁，有的人出双入对，享受着高考前早恋、高考后正当恋爱的自由。

姚尧很早就和师兄在外面租了房子，过起了小日子，宿舍里面的几个人曾经一起去看过一次。她真的是很会生活的人，把房间里面粘满了晚上会发光的星星月亮，贴着漂亮的墙纸，布置得整洁温馨，还有齐备的厨房工具，美味的饭菜很快就把“飞刀”师兄的黄蜂腰变成了小花腩。

那时候我们对于校外同居并没有很在意，这是每个人自己的选择，谈不上什么道德问题，更何况姚尧是个爽朗大方的性子，人缘好。她和“飞刀”师兄的小日子过得特别幸福，偶尔她也会搬回来住几天，嘴里骂着“飞刀”是个挨千刀的臭男人，但过几天又大包小包地回去给他做饭去了。广东人俗称耍花枪，无须放在心上。

一千个日夜就这样一晃过去了，时间奔跑的速度真是可怕。

## 4

师兄毕业后回到了自己的老家，做了一名普通的高中教师；他们说好了，一年后，姚尧也到这个学校去，然后他们就一辈子不分离。

我们在宿舍听到这个消息的时候，羡慕嫉妒恨地发出了一阵欢呼声，人家有本事谈这么长的恋爱，也有本事守住江山，做不到的人，就得给祝福和掌声。

姚尧就从小屋子搬回宿舍，大包小包地塞满了宿舍不大的空间——她是个念旧的人，不轻易丢东西。

大四这一年其实过得比任何一年都快，一开学就忙着教学训练，为下学期的教学实习做准备，还有各种各样的考证收官和各种各样的实验任务，都会让人忘记了时间是如何轻巧地溜走，消失在烧杯量筒蒸馏器滴定管里面的。

很多的情侣也在这个时候分手。毕业后异地、未来选择不同都会成为分手的理由。

那些在宿舍大门关闭前依依惜别的人，四年间换了多少个对象，只有宿舍门口的梧桐树知道。

我与姚尧偶尔会聊上两句，不算深交。偶尔在社团卖命到深夜回来后，会看到她在楼道里抽烟，烟雾笼罩着忧愁。

## 5

临近毕业，姚尧拿到了优秀实习生，这是我们师范专业求职的有力证明。但她并没有很欣喜，情绪反而很不稳定。我经常看到她在楼梯拐角处打电话，有时候吵架，有时候抹眼泪，甚至有时候会收拾东西消失几天。同宿舍的人说，姚尧又去找“飞刀”师兄了。

她一直都是至情至性的姚尧。

师兄的家离我们学校不算远，但坐大巴直达车也需要七八个小时，每次姚尧一回来就蒙头大睡，说是累。

毕业一事尘埃落定，班里很多同学从事了教育行业。其实师范学校里有很多人不喜欢教书，但最后都做了老师。姚尧很喜欢教学生，却去了国内的一个小赌城，做了名快餐店的大堂经理。

忘了说了，姚尧在学校的时候常年在快餐店兼职，这个机会就是店里的经理推荐她过去的。

当我们这些人还在伤春悲秋、在学校里肆意挥霍时间的时候，姚尧早就进入了社会人的生活模式。所以她尝了很多我们不知道的苦，也能看到我们看不到的机会，更能抓住自己想要的东西。

我不称她是女强人，我喜欢看她这种拉风的姿态，在我心里她就是齐天大圣孙悟空。

## 6

“蔡，我去过师兄的家那边看过环境，发现我们根本就很难靠当老师买上车子房子。我不想要这样的生活，这不是我设想中的生活。”

毕业两年后，我恰好就在她老家附近的城区工作，这也让我们的联系多了起来，时不时就会在QQ上聊天。

“当时你们很多人都诧异，为什么我不找个正经公司，却跑这么远做快餐店的大堂经理。其实在这里，收入是很高的。”

我问多少，她告诉我一个五六倍于我工资的数目，我俯首称臣羡慕不已。

“我刚刚升职，以后还会加工资，累是累了点，但是我在这里干一年相当于在家乡干四五年，那两三年不就相当于十几年了吗？到时候我就回他身边，买房买车，找个安稳的工作，专心给他生孩子做饭煲汤。”

我在电脑这边猛点头，人家这眼光和人生规划就是不一样，她这个收入结余加奖金一年就够在家乡付个首付的。而我那些同事，为了这个首付，都从牙缝里面抠得面如菜色，有个同事甚至早中晚只喝饭堂免费供应的粥，为此熬出了胃病。

## 7

几年间，我与同学不相闻问，但哪怕很久没有联系，再相见时你都会忘记中间的空白。

记不清楚是哪天，因为第二天是周末，我打游戏到半夜，打着哈欠正准备关机的时候，QQ上姚尧发过来了一条消息，“嘀嘀嘀”的声响在耳机里面特别大。

“我和师兄离婚了。”

顿时吓得我一个激灵，睡意全无。手比脑子快，瞬间我已经发出去十几个震惊的表情。

“知道你在，我不知道找谁说，但想找个人说说。”

“你说。”

姚尧和师兄结过婚，但是我们却不知道，原来他们早就领了证。因为师兄坚决反对，所以他们并没有摆酒席。但是，师兄已经和学校里的一个同事相恋半年。

最可笑的是，已经过门的姚尧，对此事竟然一无所知，婆婆和大姑姐都死死地瞒着她这个消息。她每个月都会回来，在自己家里待一天，在师兄家里待两天，对他从来毫无疑心。

直到那天她和他商量着酒席应该怎么安排的时候，师兄突然流泪跪在她面前，求她放了他。

姚尧呆住了，一时间无法理解这种状况。闻声而来的婆婆和大姑姐哭着解释说，她们在发现不对头的时候，已经尽力阻止和劝过他了，瞒着姚尧是怕她伤心，也以为有挽救的机会，没想到他自己已经决绝地想要和她分开。

## 8

姚尧其实太累了，从大学开始，她就像一个上紧发条的闹钟，嘀嘀嗒嗒地跟时间赛跑，一丝不苟地执行着自己的人生规划。然而现在有人告诉她，你走的一直是错的道路。

她怔住了，想到自己那套辛苦打拼才装修好的房子，想到刚刚订下的车子。她不知道自己到底做错了什么，要承受这样的变故。那么多个相亲相爱的日日夜夜，那么多个她累瘫了之后蜷缩在快餐店办公室角落里的日日夜夜，为什么就抵不过“飞刀”师兄与他人几个月的激情？

“本来说好，半年后我就安心地给你生个孩子的啊，你让我怎么和家里的祖奶奶交代？”姚尧这时候想的依旧不是自己，而是九十多岁的祖奶奶，她要怎么瞒过去？老人家已经准备好了金镯子，要在年底喝茶的时候亲手给她戴上。

“都是我的错。”“飞刀”师兄不再是“飞刀”师兄了，他变成了别人刺向她的刀。

“所有的东西，包括我家出的一部分钱，还有房子和车子都是你的，我什么都不要了。”

愿意净身出户的男人，在外界看来是多么有情有义，然而这对姚尧来说绝对是一种嘲讽，原来他什么都不要，只是为了和另一个女人在一起。那这拼命赚来的一切，意义何在？

这七八年的时光就这样被轻轻卸下，不放过，又能如何呢？

不甘心，真的不甘心啊。

## 9

姚尧吵闹过，也去学校找过那个女老师。

“看到她的第一眼，我就知道我会输。”光标在闪烁，像她明明灭灭的心事，“她是温柔似水的人，模样也好看，和我比起来，很有女人味。师兄看她的眼神，和看我时是完全不一样的，而且他说他已经当我是妹妹很久了。”

我哑然，真的是哑然，胸口像塞着棉花，难受得喘不过气。

“我说行吧，那就离婚吧，找个时间去把手续办了。都走到这个地步了，还是讲点实在的吧，不要以后想起来后悔。”

姚尧用了两个多月的时间，处理完房子和车子，办好了离婚手续。

“我和他在办证大厅抱头痛哭。其实八年了，说没有感情是假的，我们好像都活到对方的生命里去了，但是这种事情，没办法勉强啊，没办法，没办法……”我看不见她在网络那头的表情，只能在电脑这头哭得和狗一样。

如果说我最多体察到她的一分苦痛，那么真实于她，必定是剜肉剔骨。

“主管经理的职位我也已经辞掉了，我想去西部支教，已经联系好了。我过去后可能没办法经常上网了，先和你说一声。祝好。”

## *10*

后来我隔段时间就会收到她的邮件，是她每次进城时在网吧给我写的。

有时候是讲一些心情，有时候是说自己的感悟，有时候是讲学生们的趣事。她真的很喜欢学生，喜欢早上升旗的时候那些纯净的眼光，更喜欢因为自己的悉心教导，孩子们的学习成绩突飞猛进，有一种希望满满的感觉。

当然条件也很艰苦，以前在广东夏天每天要洗两三次澡，但在这里洗澡是件奢侈的事情；饭菜也没有广东的精致可口，但是自己多年的冬瓜身材终于有了凹凸的线条；以前马不停蹄，现在经常看着夕阳西下发呆……

从最繁华的赌城到宁静朴素的边远西部，两种完全不同的轨道，她都轰隆隆地开过，以一种骄傲的姿态，来去如风。

我想幸福的人大抵是不再需要过多的倾诉，所以后来她给我发邮件的频率越来越低，直到我现在发现了信箱里面的邮件，原来时间又溜走了两年。

想了想，我点开邮件，只输入了一行字："别忘了，你是齐天大圣啊。"

等待他日姚尧点开，会心一笑，所有过往灰飞烟灭，只剩她睥睨众生。

# 孤独的围城：异地婚姻的保卫战

电影《东邪西毒》里，西毒问洪七公打算去哪儿。洪七公说要去他没去过的地方，闯出个名堂。

“那她呢？”

洪七公望了望在一边等候的妻子，一笑：“带她一起去呀，事在人为而已，又没规定不准带老婆闯江湖，对不对？”

## 1. 你愿意进入一座孤独的围城吗？

网上流传一张鉴定孤独级别的“孤独的十级量表”，单身的一个人，最高级别的孤独是“一个人做手术”。

假如把这个“一个人做手术”前面再加上个“已婚”的定语，你又感觉如何？

感情的产生可能不受物理空间距离限制，当现实中种种需求，需要对方在身边亲密厮守时，它却成为最大的敌人。从异地恋到异地婚姻，长途跋涉的两个人之间，想得到正常恋爱婚姻生活，需要经历的，远比正常的就近原则婚恋，付出更多。

“谈个异地恋就已经够傻了，你还打算结婚？！”

“结婚了就是夫妻，能够住一起生活那才叫夫妻！你天天不在他身边，就不怕他偷吃？”“不说别的，你要是有个小病小痛的，谁给你端杯水，找点东西吃？”

“要是他不在你身边，你还敢怀孕生孩子，就告诉你，苦日子还在后头。”

朋友妍妍的情感，一路走来特别艰难：两年多的异地恋都到了谈婚论嫁的阶段了，这个要求刚提出来，就被自己的父母和好友一致强烈反对，认为除非婚前就能够解决异地的问题，否则就没有继续这段感情的必要。

妍妍也不是不懂这些存在的隐形问题，只是不能在一起的理由千千万万，想在一起的理由只有一个，感情哪里是能够说放就放的呢？

异地婚姻会被许多人不看好，被许多人亲自验证种种弊端，那是因为从爱情走到婚姻，筑成围城的墙不只是一纸契约，更多的是现实问题和责任承担，需要两个人合力完成的任务，被拆分为两地，各自欠缺。

我需要你的时候，你不在；我不在的时候，你在干什么？

## 2. 换个角度看待异地婚姻

异地婚姻，绝大多数时候实属无奈之举，是一个为了平衡生活和工作所做出的选择，然后再承受这个选择给我们带来的种种不适。

物理空间的距离，不但把发生矛盾的概率提高了几倍，也放大了这些问题处理的时效、难度和体验度。可以说，选择了异地婚姻，就类似于选择了一只长线且高风险的股票进行投资，赢的概率带着太多的不可控因素。

可无论是信任危机，还是沟通障碍，又或者是情感脆弱的时候无人支援，还是病痛时候需要自己独自咬牙强撑，甚至是遭遇情感的变故，要选择维护它还是让它分崩离析，这在日常的婚姻里面，也经常会出现。

如果没有爱，没有足够的交流和尊重，不珍惜和享受两人相处的时光，即使朝夕相处，也会如陌生人般各玩各的手机，所以我们不能把锅完全让“异地”这个因素去背。

美国耶鲁大学社会心理学家罗伯特·斯坦伯格提出的“爱情三角理论”，或许能让我们得以考量这种关系模式，并提供一个新的思考角度。

在“爱情三角理论”中，他认为爱情由激情、亲密和承诺三个基本元素组成：激情是爱情中的情欲成分，是情绪上的着迷；亲密是指在爱情关系中能够引起的温暖体验；承诺指维持关系的决定期许或担保。再由激情、亲密和承诺三大元素组成七种不同类型的爱情：

从这个角度看，与朝夕相处的伴侣相比，异地夫妻少了物理距离上的亲密，却因为聚少离多而多出寻常夫妻难得的激情。

爱恋中，思念、期待、新鲜感通常会把感情升华，而且异地会使日常生活的摩擦大为减少，因此维持一份异地婚姻，并把它经营得美满，就得做到这三个基础原则：保持激情，增加亲密，遵守承诺。

## 让生活总有期待，是保持激情的秘诀

异地最大的问题是容易滋生落寞的情绪，而让生活有所期待，会让人保持一种积极向上的心态，不管这个期待是预约的见面日期，还是节日一份到位的礼物，都会让人感觉生活处处有惊喜。时不时能够挖掘出矿藏的路，走得也更加轻松。

同时，这个期待也包括了各自的独立成长，双方都有了业余的时间去开拓自己的兴趣爱好和技能，既能够让彼此有层出不穷的话题，又能够时时翻新自我，感受到双方都在为对方努力变得更好，也为亲密度打下了良好的基础。

## 密集互动，强化亲密关系

在行为心理学里面，有一个21天的效应，如果把它应用到两性互动关系上面，可以简单推论建立一段新关系或者脱离一段旧的关系，只要不断重复21天就能完成。超过这个强化刺激的时间，对于关系的冷漠，就是亲密度的头号杀手。

恰恰是因为异地，也因为是夫妻的缔结形式，两个人更加需要一个不断强化刺激的过程。现代通讯已经非常发达，即时沟通已经不再是障碍，汇报自己的情况，分享自己的想法，关爱对方的生活，都是强化这种亲密的很好措施。

设定共同目标，遵守契约承诺

实际上，异地的问题，绝大多数时候只能是一个暂时的打算，而不能作为长期的状态。在眼下，夫妻双方各自在自己的工作上面有长足的发展，又正处在上升阶段，在现实面前我们总是需要考虑、让步、牺牲。

如果异地是暂时无法解决的问题，维持这段婚姻的长远之计，立足于两个人的共同目标。不管是调动也好，还是牺牲其中一方的利益换取在一起生活，还是培育后代，争取更好的物质条件，拒绝身边的诱惑……都是为这份关系付出自己的努力。

只要任何一方吝于付出或者处于不合作状态，这种本来应该合力构造的关系就会变成博弈，一方在计较自己的得失，一方只做有利于自己的事，感情一旦失衡，就会危机四伏。

不管是爱情还是婚姻，我们运营它的基础理念，从来就不在于博弈，而在于共赢。

异地婚姻的保卫战，不过是事在人为呀。

文章来源：【初心客厅】（微信号：xinlishudaozixun）

## 曾有一个人 »
## 爱我如生命

### 1

悦玥真是我见过的最有气质的女子。悦玥是真名，名字如她本人般美丽。她也是我见过的，能把森系衣服穿出味道的女子，再加上她步履轻盈，极似森林里的仙子。

该用什么词来称呼她呢。称女人太老，她浅浅笑着的时候，宛如少女般羞涩；称女生太年轻，她的眼角已经有了岁月的痕迹。但她的皮肤极为白皙剔透，宽宽的双眼皮，褐色的眼睛柔和如水，没有厚重的妆，只有自然红润的口红，盖住她略苍白的唇。

这一次的拜访，她给了我一张古琴的CD，市面上并没有销售，是她自己的古琴老师灌录的，只为赠与有缘人。

一段时间不见，她身上出世的气息越发明显，越发不食人间烟火。

其实我很害怕和文艺的人打交道，总感觉凡事落不到一个实处，有人文艺是为了追求小资情怀，有人不过附庸风雅无病呻吟。

我知道悦玥不是，因为她有心脏病。

## 2

悦玥盘腿在榻榻米上坐下，为我泡茶，又拿起腿边的箩筐，开始打绳结，做每串108颗念珠的手串。这是她的爱好，也是份小外快。

她在电信公司做技术支持，在这个一线城市收入算高的，但房贷还有一年，自家猫们的口粮，还有救助流浪猫的费用，都必须靠她亲手赚来。每月精打细算下来的盈余，都被她毫无保留地送给了那些大眼睛精灵。

“我曾有三只猫，大宝、小咪和如意。如意已经走了，它有些岁数了。”她伸手指向相片墙上一只长毛黑白相间的大猫，“如意有灵气，因为和我在一起的时间很长，它就差会说人话了。”

她的手指在珠子的布碗里拨来拨去，珠子发出好听的声音：“你是想听什么样的故事呢？”

未等我回声，她就开口：“我妈妈有心脏病，以前做过两次大手术，我是她拼了命才生下来的。我从小就活在轻慢的节奏里，直到我初中在体育课上晕厥，才查出来我和她有一样的问题，也就是说，我即使结婚，冒着生命危险，也只能生一个孩子。”

大宝靠在她的身边，伸出胖胖的毛爪，用爪子勾着编织线玩，她的声音低了下去：“可是我的前男友，是潮汕人。”

## 3

当一个女神，而且还是一个不食人间烟火的女神是种什么感觉？大致就是看你的人很多，但追求的人很少。更何况悦玥的拒绝方式也很简单，只需向对方坦白自己的病情就好，基本上都会打退堂鼓。

所以她变成了单位里面唯一一位年过三十，却没有知心大妈给热心介绍对象的女孩子，虽然她样貌工作能力性情都出色，在这座大城市里也有了自己的房子，也想身侧有人陪伴。

“可能我是想找个，在我倒下的时候能送我去医院的人吧。”

二宝是男友的小名，是悦玥在外派工作时认识的。他初见她时惊为天人，连话都说不利索了，迷迷糊糊就想要跟她回家，一时间传为笑谈。

他追求的方式也很简单，参与悦玥喜欢的事情。悦玥喜欢猫咪，喜欢救助活动，他二话不说就去当义工，管接管送，把满腔倾慕贡献为爱心，一时间心潮澎湃得不行。

猫友们的活动聚会上，他会做很好吃的潮系菜给大家吃，切水果，逗猫玩。他做的这一切就是为了告诉她：你喜欢的，我都喜欢；你想做的，我都无条件支持。

我也愿意等，等到你把手伸给我。

## *4*

“念了那么多年的佛经都枉费了，我起了贪念。”悦玥纤细如玉的手指翻飞着编织丝线，样子极为好看，表情却有些难过，“等到我真的喜欢上二宝了，我才发现，我不敢把自己的真实情况告诉他。”

以前多优秀的男人她都不为所动，可以笑笑告诉对方，然后看对方一脸愕然，再犹疑，到惋惜，再到一脸抱歉地离去。她以为所有对她有绮念的人都可以用这个方法吓走，剩下的，才有可能发展可是二宝，她不想让他走。

到惊觉自己根本不愿意让他离开的时候，已经太迟了，二宝已经在她心中生根发芽，长成了参天大树。

不知是劫是缘，她一遍遍唱诵佛经，祈求着哪天二宝知道了情况后，能看在两个人曾有的感情上，不要太快离开。

我又抬头看着相片墙上的如意，一只老猫的眼神，不再顽皮狡黠，而是略微混浊，很有看透世事苍凉的意境。我朋友年糕有一只名叫粥叔的老猫，对什么事情都已经不在乎，甚至都不再能发出柔软的叫声，但是只要她开口，它都会张开牙齿掉得差不多的嘴，呼应她。年糕只求与粥叔白头偕老，可惜猫的寿命最多只有十几年。

她顺着我的视线看过去，笑了一下说："如意什么都知道。"

## 5

意料之中的意外还是来了，如意年事已高，各种综合征并发，宠物医院的抢救也没有用，最后它还是走了。悦玥瘫坐在地，看着如意，痛哭失声。

二宝用一条热毛巾慢慢地给如意擦干净身子，再吹干毛发，放到铺满花的纸盒里。如意看起来就像是午后打盹一样，睡在花丛里喊不醒了。悦玥慢慢抚摸着它，眼泪滴在如意的毛发上。

二宝和悦玥开车来到郊外，在一棵塔松下，他一边挖坑，一边絮絮叨叨地对她说："其实如意很幸福，小的时候流浪，遇到了你，然后又得到了那么细致的照顾，现在不过是回喵星球生活了。你这样子，它走得不安心，你心里也不好受。"

悦玥擦了擦红肿的双眼，用力点点头。

回到悦玥家里的时候，华灯初上，二宝用冰箱里的剩余材料做了砂锅粥，劝她吃了两碗。吃着吃着，悦玥突然把碗一推，深呼吸几口后，看着他："我得和你坦白一件事情，如果你听完就走，我不会怪你。"

"这么认真干什么，别吓人，你爱上别人了？没可能啊，我这么帅。"二宝有点紧张，但还是努力缓和气氛。

"如果有天我像如意一样，突然不在人世了，你还会想要我吗？"她终于鼓足勇气，说了出来。

“净瞎说，我洗碗了。”二宝松了一口气，起身收拾碗筷进了厨房。

## 6

当二宝擦干净手出来，准备泡茶喝的时候，发现悦玥把一个文件袋摆在了榻榻米上，擦掉口红的她，脸白得有些吓人。

“怎么了，悦玥，你这是要分割财产吗？”

“这是我从十几岁到现在的病历卡和定期的检查报告。二宝，我有先天性心脏病。”

二宝接过文件袋，慢慢地拿出所有的东西，慢慢地翻看。他是个很聪明的男人，马上想到了所有的后果，和悦玥给他看这些东西的用意。

悦玥颤抖着说：“我可以先瞒着，骗过你和你家人，跟你结婚，但我这辈子很难会有自己的孩子。我知道你是潮汕人，你家里人，肯定会要求你有不止一个孩子。而且，我也不知道我能活到什么岁数，我不想你被我拖累一辈子。”

二宝没有作声，他放下文件袋，抱住了头。

“对不起对不起，我应该从一开始就告诉你的。”悦玥终于崩溃了，一天的心力交瘁让她胸口喘不过气，这会儿嘴唇已经有些泛紫，她赶紧从暗格里拿出速效救心丸吞咽下去。二宝迅速抬起头，手足无措地看着她，又赶紧递过去水杯，抱住她慢慢顺气。

悦玥很感激，二宝并没有转身就走，还陪她过了三天。

## 7

有些事不提，不代表就可以忽略不计、轻轻放过。三天后，二宝要回家的时候，悦玥小声地说：“我们还是分手吧。”

二宝干净好看的脸上满是疲惫，眼睛里全是血丝，他回头看着她：“不要说这种话，你一直都知道，我很爱你。”

悦玥点点头：“那我等你回来。”

“好。”门慢慢关上，二宝走了。

一天，两天，三天……

第四天晚上下起了雨，悦玥听着雨声早早就睡下了，迷迷糊糊中听到床边的窗台处有响动，她揉揉眼睛望出去，看见如意正蹲在窗外的那条水泥柱上，转过头看着她，发出短促有力的一声“喵——”。

“你这傻猫，怎么跑到那儿上面去了，要是掉下去怎么办？外面还在下雨，不要吓妈妈，赶紧进来。”悦玥一边说一边想起床去开窗，却发现自己怎么动也动不了，她心下一惊，用力一挣，醒了过来。

窗帘紧密地拉合着，犹如守着秘密不开口的人。

## 8

第五天是周末，二宝带来了一大堆食材，还有给悦玥买的各色散珠，并送给了她一个贵重的南红挂坠，让她戴在胸口。他摸摸她的头，说：“听说这个养心，你一直想要又不舍得买，我最近赚了点钱，刚好买了。不哭，不要哭，我告诉你一件奇事。”

悦玥收住眼泪点点头，看着他。

二宝认真地说：“你知道吗？昨天晚上我梦见了如意。它坐在我的床尾叫了一声，大概是在提醒我过来找你。一开始我百思不得其解，它怎么会跑到我家呢，心想得赶紧起来把它抓住送回来。”

悦玥一听，泪如雨下。人说猫性通灵，如意这是要走了，在和自己和二宝告别呢。

“不哭不哭噢，我想它大概是过来感谢我对它的照顾。你看过一个故事没有，说这辈子你的伴侣就是上辈子葬你的人，要是如意下辈子当了我的老婆，你吃不吃醋？”

悦玥扑哧一下破涕为笑，打了一下二宝：“如意是男的！还是公公。”

二宝马上起身，在客厅举着手跑来跑去，捏着声线说：“不要啊……我不要啊……我是异性恋啊……”

## 9

“后来呢？”我疑惑地问，如果讲的是两三年前的故事，那么现在这个房子应该有男主人在啊？

悦玥放下手串，抱过大宝在怀里。大宝是一只胖胖的黑灰色花狸猫，四只脚上都穿着白袜子，它温驯地用下巴蹭着主人的手指尖，发出了满足的呼噜声。她抚摸着猫儿柔滑的被毛，一下又一下，似乎抚摸在自己的心绪上，思绪慢慢被抹平和安慰。

“谈恋爱两个人就好，但是真要结婚了，父母都会过问一下对方的家庭情况的。二宝考虑了很久，因为他是家里的独子，而且这个事情也瞒不了一辈子。他说结婚之后，他的爸妈可能会因为生育问题和我发生冲突，他害怕我出事。”

“差不多快说服我了。”我从鼻子里哼了一声。

“我自己本来就是个病人，以爱之名挟持他一定要娶我，或者和我在一起，那是自私……我不想他以后对我只有同情。”

“自己灌自己这种鸡汤有效果吗？”

“这不是鸡汤，如果你知道自己生命并不是很长，也许在某天突然会去另一个世界，对于很多事情就会宽容很多。”

悦玥淡淡地说着，大宝的呼噜声越来越大。

“后来啊，二宝和父母商量，父母果然反对。没过两个月，他爸爸就让他到西安那边去打理家里的生意了。”

“嗯，直接要求断绝和你往来，显得太没人性，先用软刀子割开，拉出物理距离。”

“设身处地，我也不愿意自己的孩子有个这样的老婆呀！”她温柔一笑，动人无比。

## 10

其实我无法想象她经历了什么，爱人的离去，肯定是让她非常痛苦的。物理距离的考验，很多人都没能通过，但悦玥和二宝的问题，是比跨越南北半球更为艰难的考验。

最后二宝还是很艰难地和悦玥分手了，这样拖着，对父母是种伤害，对悦玥也不公平。

其实又何尝公平，如果他这么爱她都要被现实打败，那么还有谁，会给她往后的生活一个庇佑呢？

生活不是傻白甜的小说，可以为爱赴汤蹈火，刀山火海不在话下。生活是，看起来坚强无比的爱情，光凭对方父母的反对就会破碎。

二宝求了悦玥很久，让她收下了他所有的积蓄——三十多万的理财产品——希望在她有需要的时候能够应急。救助流浪猫，细细碎碎的费用加起来也不少，虽然可以通过募捐，但是他希望给她留一条后路，也让他在远方能够心安一些。

“其实他去了西安之后，每个月都会给我的账号打一小笔钱，这些钱，我都拿来给寄养在宠物店的流浪猫改善生活了。我很感谢他呀。”

她捏了捏大宝的耳朵，大宝发出沙哑而满足的叫声。她轻轻地笑了起来，眼角带着笑纹，美丽不可方物。

# 父女的关系里，藏着女儿未来的婚姻 »

## 1. 父女关系里，藏着女儿未来的婚姻

曾经看过这么一段话："男人这辈子能够真正蜕变成长，有三个重要的人。第一个是母亲，第二个是妻子，假如妻子都没能让他懂得生活的责任和意义，那么最后一次机会就是拥有一个女儿。"

母亲代表着养育之恩，妻子代表着两性关系，而女儿则代表着任重道远的关爱守护。

"女儿"这两个字，对于一个父亲来说，意义重大。这代表着他将亲自参与一个女性的生命成长、塑造，从婴童到青年，从依赖到独立地与另一个男性组成家庭。他是女儿生命中接触到的第一个男性形象，一举一动都是模板，将对她的人格造成不可估量的影响，甚至可以说，父女关系里，藏着女儿未来的婚姻模样。

刘墉在《一生能有多少爱》一书里，把女儿比喻成了爸爸的前世情人，抒发自己对女儿的深深爱意，这源于精神分析大师弗洛伊德借用希腊悲剧故事，提出的"俄狄浦斯情结"与"爱列屈拉情结"，前者就是俗称的"恋母情结"，而后者则是"恋父情结"。

"女儿是爸爸前世的情人"，这句话被很多人用于形容父女关

系亲密和谐，然而从另一个层面看，实际上是不妥当的。它既隐喻了越界的父女关系，也把男性生命中最重要的女性角色——妻子放到了对立面，把妻子和女儿变成了情感的竞争对手。

儿女对于父母的依恋，是与生俱来的一种隐形联结，我们都在与父母的亲密和矛盾中，探索并学习两性的相处模式。

## 2. 过度亲密，“爸宝女”的问题不比“妈宝男”少

女儿与父亲的距离问题，在现有的情况下，反而没有儿子过度依恋母亲后造成的各种家庭问题那么饱受诟病，但其意义同等重要。

明星胡军在前年生日当天，晒出了自己与十四岁女儿嘴对嘴的亲吻照片，网络一片哗然，绝大多数人都感觉不适，认为父女之间的举动过于亲密，然而胡军回应网友：“你想多了吧。”

不论是考虑到少女青春期性心理的正常发育，还是基于我们传统的社会道德，大部分人难以接受是情有可原的，即使他认为是家务事，但作为有一定影响力的公众人物，选择把这样的相片放在网络上，就免不了被批评和审视。

生活中也有很多与妻子关系不和谐的丈夫，却过分溺爱、骄纵女儿，甚至与女儿结成了对抗母亲的联盟，深化家庭矛盾，做出不恰当的榜样。

过分的亲密无形中助长了女儿无意识的恋父情结，会让女儿倾向于寻找类似父亲的配偶，并且以父亲作为标准模板要求对方，容易在正常的两性交往中受到挫折，因此影响正常的婚恋。

## 3. 疏远、冷漠、负面的父亲，害苦了女儿

父亲在家庭教育中的缺位，又或是对女儿的冷漠疏远，同样也

会造成深远的影响。

泰国有则洗衣粉广告很感人：一辈子沉默威严的老父亲去探望自己的小外孙。在那段时间里面，他发现工作繁忙的女儿，下班回到家里依旧要为家务劳碌，为孩子学习操心，做饭、烫衣服，还要打电话给助手安排任务，而女婿却在沙发上悠闲地喝着妻子端过来的咖啡，一边漫不经心地浏览着网页。

这让他在离开的时候思绪万千，回家之后，默默地开始做着自己不擅长的家务，他知道自己把养育女儿、操持家务的任务完全交给妻子的后果——已经呈现在女儿的身上。

更严重的，那些对家庭没有责任感，也不够尊重爱护自己妻子、女儿的男性，让女儿形成了自我女性的价值感低微的认知，无形中为女儿设立了一个负面糟糕丈夫的标准。

小姐妹苗苗和我讲述了她自己和姐姐的恐惧，尽管父亲已经去世十年了，她还是经常会从梦里哭着醒过来，不是想念，而是那种害怕的哭，害怕他的各种暴力和控制欲。她用了很多年才走出仇恨的阴影。她一直在努力学习如何和异性相处，任何异性关系对她来说都是一种挑战，而且她没有结婚的想法，一点儿都没有。

小婉给我发来很多个流泪的表情，说从小就知道父母的关系不好，经常吵架，父亲对自己总是一副不耐烦的样子。后来遇到了自己的老公，用一些关心就轻易虏获了她。自己不惜远嫁他乡，后来才发现丈夫对自己的爱其实有限，和他之间也争执不断。她常常觉得自己孤立无援，不知道退路在哪里。

悠悠告诉我，其实自己的爸爸也没有什么不好，就是一个甩手掌柜，回家就是一张报纸、一杯茶，妈妈包干一切。直到自己结婚生孩子，才知道家务多么繁琐，尤其是在每天工作回家后，看着丈夫一切理所当然的样子就来气。虽然现在已经知道另一半应该分摊家务，但是她就是不敢抗议。

父亲是女儿接触到的第一个男性形象，缺乏父爱温暖的女性，感情经历分外坎坷，她们会被肤浅的关系吸引，一点点的温暖和尊重，就足以让她献祭自己的所有，然后深陷其中无法自拔。

反之，一个在父亲尊重和爱护里成长的女性，是不太可能会找到一个“渣男”的，即使暂时被迷惑，也很快会清醒离开。因为她懂得正常和谐的男女关系不应该是那个样子。好丈夫性格优点可能不尽相同，但是共同点都是高度的责任心，对待夫妻关系高于亲子关系，为家庭愿意尽自己最大的努力。

不管是疏远权威的父亲，还是负面冷漠的父亲，都不是一个合格的爸爸，这奠定了一个女性对男性的最初印象，在此之上所建立的认知，要推翻重新构建都极为困难，很多女性一辈子可能都没有这样的机会。

在任何一种家庭关系中，适当的距离都是和睦相处的基石，父女关系也是如此，过于亲密或者疏远，都会让女儿在未来与男性的相处中处于失衡的状态。

## 4. 动态调整的距离，是父亲给女儿最深沉的爱

无论是儿子还是女儿，夫妻关系作为主导地位，在共生期足够关爱，在分离期得体放手，才是母子父女合理的结构模式。而父女的距离是分阶段动态调整的，需要根据年龄大小、认知能力、心理发展阶段来采取措施，粗略划分为以下几个阶段。

**0～3岁婴幼儿时期**

这个阶段属于婴幼儿无性别意识时期，也是安全感、信任感建立的重要时期。

在这个阶段中，妈妈是照顾婴儿的主体，作为丈夫，应体恤妻子的付出，力所能及帮助照看孩子，建立亲子链接，为后面的介入

教育打下基础。

**3～10岁性别萌芽期、性格发展期**

3岁左右的孩子，渐渐有了性别意识，知道了男女之间有不同的地方，这个时候是树立性别意识和自我保护意识的阶段。在这个阶段，应该告知孩子哪里是隐私部位，不能让别人触摸。所以这个时间开始，就不宜与异性父母一同洗澡上厕所，父母的穿着也不宜过于暴露，否则等于告诉孩子，身体是可以随意展示给异性看的。

同时，这个时期也是父爱介入的最佳阶段，也是帮助孩子做好与妈妈分离，培养人格气质的时期。

男性与女性的思维结构存在着差异，女性在掌握语言、辨别概念等方面的能力较强，而男性识别方位的能力和动手能力较强。如果父母共同教育子女，子女掌握的能力会比较全面。爸爸可以通过陪伴、游戏、外出等活动让孩子具备勇气、合作、独立、开拓等外显性格。

**10～18岁青春期**

随着身体进入第二性征发育，妈妈需要在这个阶段扮演贴心的角色，青春期的教育和生理知识最好交给同性父母，避免尴尬。父亲与女儿也应尽量减少过分亲密的举动和肢体接触，用其他大而化之的鼓励动作来替代。

这个时期也是每个人进入青春叛逆期，挣脱父母的影响，形成独立人格的阶段，在心理需求上更希望得到父母的尊重。那么就如同对待一个朋友一样，多聆听她的感受，提出建议，适当指导。

**18岁以上成熟分离期**

这个阶段，父亲基本就处于指导的位置，成年后的女儿在面临人生重大选择的时候，首先想到的还是父母，特别是在家里扮演着权威角色的爸爸。

在感情上，父亲可以为女儿提供一些男性视角的择偶建议，并引领她走过两性关系中的一些里程碑。研究表明，与父亲关系良好的女性，会更希望自己的伴侣得到父亲的认可，从而倾向听从父亲的建议选择对象。

不管女儿是怀里那个牙牙学语的小人儿，还是已经拥有了自己的孩子和家庭，父亲都应该意识到，父母和孩子，始终是一种平行陪伴的关系，夫妻关系应该由始至终大于亲子关系，这才是送给自己孩子的最好礼物。

文章来源：【初心客厅】①

① 初心客厅，是功能型的心理疏导服务平台，集心理咨询、问答、测评、微课于一体的应用类软件，让每个人都找到幸福感和快乐的方法，给你贴心的情感陪伴和呵护。

# 青春里 »<br>的猛虎钥匙

## *1*

深夜，心事犹如暗夜绽放的昙花，散发出幽幽暗香。假如手边有杯独酌的酒，耳边流淌着一首旖旎的歌，还有个陌生又安全的人在网络上聆听，一腔无处安放的落寞委屈、柔情不甘，都会一股脑儿倒进那小小的对话框。明明灭灭的屏幕，是开了又关、关了又开的心。

回想起明知不可为偏偏为之的犯贱，直面贪得无厌的自己，复杂的情绪涌上心头，这是很多人睡前不敢多想的原因。

酒精，是释放囚笼里愤怒和不甘这头猛虎的钥匙。

那么多的爱不得、求不得、恨不得、放不下、走不了、斩不断、逃不脱的慌乱，那么多的欲罢不能、兜兜转转、曲折迂回、肝肠寸断，最后都会成为往事。一份感情，能在最美妙的时刻收尾，不是人人都能做到的。

“不甘心，我真的不甘心。”麦芽反反复复地说，语音信息里面，她的声音已经带着哭意。

麦芽连续两天给我发来信息。第一天是喝多了之后颠三倒四的话语，我听不真切。第二天夜里，她幽幽地告诉我一件事情，她找到了大学时期暗恋的人，并且发生了一些不应该的故事，而她，是有男朋友的人。

所以，这并不是个有道德三观准绳的故事，她只是想找个树洞倾吐，然后重新上路。

## 2

“你一直自以为是，管那么多干什么？”

“我是你男朋友，当然必须管，一天到晚不专心为以后做点打算，也不知道我辛辛苦苦是为了什么！”

“你辛苦是为了你自己，别赖我头上！”

“真是不可理喻，你自己好好想清楚，别老是狡辩，这样对你自己也不好。”

“谢了，你还是管好你自己吧。”

麦芽后来努力想，都想不起来自己为了什么小事情和男朋友吵得那么激烈。她挂了电话后，男朋友打来了两三次电话，她不接。而他居然也没有像以往再发信息或持续打电话，给她个台阶下。等到猛想起来的时候，竟然过去了十天半个月。

这次的冷战不同以往，似乎大家都已经到了最后那条边缘线附近，只是等着对方开口，然后就可以联手埋了这段过往。

有时候人很奇怪，不知道是念着那一丝温情，还是不想当恶人，又或者是心存侥幸，都不愿意做那个最先开口的人，特别是男生，总以为把宣告结束的词留给女生是种绅士态度。其实男生都不懂，他的冷漠和疏远，才是对一段关系最大的凌迟。

凌迟是极刑，斩首不算是。

麦芽太恨男友不给她一个痛快，于是她换了一种方式泄恨，在这段关系没有明确终结前，去和另一个早有好感的男人发生了另一段感情，或者，就此搭上另一艘船也未必不可。

冷战期间的出轨，算出轨吗？

## 3

麦芽很用心地去靠近大学的同班同学柯霖，他有着一张笑起来让你感觉月朗风清、低头就感觉岁月静好的脸，颇像当红明星金秀贤。

长得好看就是占便宜，在别人身上看起来很普通的事，只要放到柯霖身上，统统变成致命的吸引力。就连他抽烟时吹出的烟雾都让她嫉妒，嫉妒它曾进入了他的身体，再被温柔地释放，还途经他的唇。

当以为触不可及的异性突然对你的示好积极回应的时候，人一般都会忘记还有智商这种东西，因为它会被多巴胺的野牛群冲撞践踏，名存实亡。

麦芽也不例外，她一个一直不敢说话的人，居然可以在深夜讲起很多过去相处的细节，这让人有种大家错过了很多情感的唏嘘。遗憾放大了再次重逢的惊喜——没关系，还有弥补的机会。

“你还记得有一次你穿了一条黑色的裙子吗？在××教学楼的时候。”

“嗯，好像是……”

“那天的课我都没有听进去，下课的时候特地坐在位子上先不离开，看着你走出去的样子，背影让人觉得很美很神秘。你很少穿成那个样子，所以我记得。”

“又哄我呢。”

“不是啊，那个时候我总觉得你比较冷艳，不好靠近，不然的话，我们可能就不一样了。”

麦芽觉得自己被熬成了甜甜的糖，缠在了竹签上，等待被送入他的口唇，和着唾液，进入他的胃，进入他的心，然后被记住。

若不是男朋友终于良心发现，偶尔还会发来信息，她几乎都忘记这个人的存在了。

但她现在根本都不想理会，她在心中已经给他打上了前男友的标签了。人习惯于自欺欺人和自我安慰，才总是犯错，而且人通常都对自己的自控能力有信心，等到无可收拾的时候，还不是要独自面对一地的碎砾？

## *4*

在近一个月的来往撩拨后，麦芽提出了和柯霖见面，他很痛快地答应了，而且提议她去他的城市玩，这正合麦芽的心意。

见男神之前，麦芽费尽各种心思提升自己的外在形象，还特地又去买了一条黑色的裙子，打算给他制造一个小惊喜。果然，在她抵达这座城市的时候，见到她的那一刻，柯霖眼中闪烁的星光简直点亮了她从未有过的骄傲。

“我可以说，你真的比以前还漂亮很多吗？”夜色下，他略微羞涩地说出来，让麦芽的呼吸都要停止了，脑袋成了一团糨糊。

后面一切的事情就顺理成章了，从牵手到亲吻，到拥抱上床，他们犹如久别重逢的情侣，焕发出灿烂的新鲜气息。有时候恋爱太久，或者已经对对方失去感觉的时候，会忘记了当初的心跳欣喜、乍见之欢，麦芽需要这种心脏重新跳动的感觉。

“我真的有再次恋爱的感觉。”柯霖时不时地看着她，眼神温柔地说出这样的话，让麦芽觉得自己就是偶像剧里面的女主角。但这美好的感觉太强烈了，强烈到让人有种不真实的感觉，底下埋着隐隐的不安。

“我下个月过来你这边？”没有忍住，在要回自己城市的动车上，麦芽给他发了信息。

“我觉得这样子就很好啊。”柯霖发来了一个微笑的表情，就是那个让人冷漠不舒服的微笑脸。

“什么意思？你不喜欢我和你在一起吗？”

“宝贝，我很喜欢你，只是我觉得我们这样就很好、很愉快了。”

“我们……我们不能在一起吗？”

“我们不是已经在一起了吗？”

## 5

所剩无几的智商终于艰难地抬头，告诉麦芽，这不是一场正常的恋爱，或者说，她以为是，而柯霖，从一开始就没有打算让其正常。

“你不要想太多了，开心最重要不是吗？其他女孩子也是这么想的。”没想到这种貌似温柔的话从他嘴里说出来毒性却如此强烈，“如果你觉得不高兴，那我要感谢你，给了我那么完美的72小时，宝贝。”

麦芽要疯了，她不敢相信自己居然落入了这么俗气的圈套，让她更生气的是，自己居然无法对他生气，她划定的底线在他身上一再被刷出新低，她甚至感觉无法拒绝他的提议，即使本能地感觉到危险。

这个时候，最怕的就是不懂收手，不能把错误看开。最怕的就是把它当成欢愉一场，而且还安慰自己，也就是玩玩而已，不需要走心，到时候分开就是了，也没多大的损失。

很多吸毒的人一开始都说：我就是想试一下而已。

在经历了三天的心慌意乱之后，麦芽突然回过神来，删除了柯霖的微信、QQ和所有联系方式，并把所有的事情告诉了我。因为男朋友给她发了条信息：“麦芽，我做完这个项目后，就可以拿到一笔奖金了，我们年末就结婚吧，我想过了，不能给你太多的压力。”

说她无耻也好、犯贱也罢，那一刻她真的感觉到一颗慌乱恐惧的心一下子定了下来。

想了两天之后，她终于回答说：“好。”

## » 也许你感情常败的原因是这个？

*1*

作者群里，有位男士空投进一个新闻：写诗才女三段恋情都告吹，男友说："对不起，你太有才了。"

他还调侃道："在座各位有才的美女，可要小心啦。"

乍一看标题，很容易让人想起多位古今中外众人熟知的、有名的女作家不如意的情感历程，未细看内容的人，会感叹有才的女人很难寻找到合适的伴侣，甚至自嘲一句"文章憎命达"，说自己文章写得不好，不过是因为人生过于顺利。

但打开文章细读之后，我发现女主角并非因为有才而屡屡被感情放鸽子，反而是因为才情获得了这几段的感情。但因为写作的素材过度曝光家人的隐私，且不顾家人的反对我行我素，从而失去了两段婚姻；又因为缺乏正常的人际交往分寸，使本来应该成为男友的人，发来了冰冷的拒绝辞，让她颜面尽失。

这位才女感情屡屡败北，真能归咎于所谓的"有才"吗？她把生活中的一切拿去当了素材，全然忘记了人际交往中需要留出一个让人感觉安全舒适的范围。而圈出这个范围的栅栏，名字就叫界限感，有时候我们也称为原则，属于情商的一种体现。

## 2

社会心理学里，人与人交往，关系都存在一个舒适的距离，我们把这个距离叫人际距离（personal space），界限感的概念由此得到扩展延伸。

界限感实际上就是一种度量上的把握，缺乏界限感的人，经常会把自己的事情托付于他人，对界限并不敏感，正因为如此，对于把自己的意愿强加于人，或者侵入他人的底线也毫不在意。

如果我们把它看成是一种物理上的空间划定，有的人把自己的房间大门洞开，不在意他人的进出，那么他通常也会认为，随意进出他人的房间也是理所当然的。

但是对于精神和心理上的界限，通常都不会太明显，然而造成的侵犯感觉是相同的，因为每个都是独立的情感体系，并不支持完全的洞开，大部分人是有选择和保留地开放。所以模糊的界限感觉，经常会引发各种情感以及人际关系的痛苦和无奈。

而这个最原始的症结，却经常被掩埋在种种表象之下。

比如一个强势的女性，工作出色，收入很高，家庭关系却很紧张。很多人经常会认为是男尊女卑的遗留思想让女性职场得意而情场失意，却忽略了很多时候，女强人的凌厉职场作风经常会带到家里，侵犯了本来应该温和的夫妻关系、亲子关系，最后导致家庭的分崩离析。

又比如一个喜欢在朋友圈频频晒生活的人，会让生性谨慎的伴侣心存不满，争吵之下又外带到自由与爱不爱的问题上，实际上还是没有统一的生活界限共识。

在交往试探的初期就把对方当成了自己的正式对象，经常使得对方无所适从、早早离开，也是同样问题。

## 3

人生来就有独立的自我意识，还记得孩子学步期不愿意大人抱、吃饭的时候非要自己吃吗？这就是独立自我意识萌芽阶段，然而没有和孩子产生分离意识的父母，总是觉得还是多抱抱多喂饭更好。

等到青春期的时候被偷看的笔记、被查探的隐私、被横加干涉的志愿，毕业后被安排的工作、相亲，都一次次地突破了正常的界限范围，但抗议的时候都会被父母一句“我是为你好”挡了回来。

同样的情况，在伴侣、情人之间也经常会出现：“爱人之间应该坦诚”“我做什么还不是为了你好”“看一下手机怎么了”。

这种被入侵的感觉极其糟糕，原本亲密的关系都会因为这种排斥感觉逐渐生疏，许多的家庭纷争，就是这种被入侵的不适感引发的。

没有界限感的人，即使一开始在双方关系中占据着重要的位置，以后也会丢失主导权，当对方无法忍受你一再挑战底线的时候，会忍无可忍地把你关到门外。下一段关系，又会开始这种轮回，屡战屡败。

同样是女诗人，舒婷的《致橡树》能广为流传，是因为它体现了相互独立平等，不依附，不入侵，理解对方的存在意义又珍视自身生存价值。这种两性关系，是绝大部分人的向往。

## 4

王梓恒在《家庭关系痛苦的根源：中国人普遍缺乏界限感》一文中这样说道：“明确哪些事是自己的事，哪些事是别人的事，守住自己的界限，也不要侵犯他人的界限，让界限感清晰起来，才是我们从现在开始应该做的事情。”

当我们在一段两性关系里面感觉到痛苦的时候，就应该适时检视是否与界限感存在着关系。

很多人害怕关系之间划线，却不知道界限感让我们了解对方，尊重对方，让对方感觉自由，也感觉安全，才能让信任的基石牢固。

通常，侵犯他人界限而不自知的人，是因为自己也没有界限感，当遭遇对方抵触的时候，应该明白这就是一个人的清晰界限了。人与人之间就是在这种相互试探中建立起关系栅栏，就像需要取暖的两只刺猬一样，在经过来回试探后，找到了最合适的距离——太近或者太远，都不是正常的关系模式。

在确定对方的边界后，就不要轻易试图挑战他人底线。一段关系能够存续，不是以牺牲其中一个人的舒适作为代价。失去平衡的关系模式，很难培育出一段高质量而稳定的关系。

须知每一段幸福美满的关系，都存在着微妙的平衡，可不要轻易被表象带走，陷入自己的轮回而不自觉呀。

文章来源：【初心客厅】

## » 还是当年的那个大熊啊

*1*

娅舟独自把自己锁在出租屋卧室里，躺了一个下午。

身边放着一包抽纸，她放任了自己的思维，从小到大的件件桩桩，用心地想，用力地想。如果戳中了哪个泪点想哭，她就放开嗓子任自己像个吵架失败的泼妇一样悲声，不再捏着嗓子，不再想着如何楚楚可怜让人心疼。

她的另外一个灵魂，正站在虚空中，抱着手臂冷漠地看着自己萎靡于泥土蓬草间狼狈不堪。在她想咬牙抬起头的时候，那个灵魂一脚踩在她的脸上，用怜悯又嘲讽的眼神无声地表达：你是个不配得到任何幸福的孤儿！

对，孤儿。

即使衣橱里面早已装满了以前买不起的各种优雅职业装，即使首饰盒中有了以前在橱窗里面只能羡慕而不可能买得起的首饰，即使床边堆着大大小小的毛绒公仔……这些身外物，都填补不了她心中缺乏安全感的黑洞。

此刻她只能独自一人蜷缩在床上，指甲抠着墙，嘴里断断续续而模糊不清地发出两个单音节，和世上绝大多数婴儿第一次开口喊出的两个字一样。在受伤至深之时，她还是退化成为那个需要被怜惜呵护的小人儿，召唤着自己的守护神，希望得到庇佑。

可是她知道自己召唤不到，妈妈离开她已经二十年有余。

## 2

高三，教室里面的灯光虽然明亮，但又那么惨白，就像娅舟从小到大的感情写照。

其实有关于妈妈的记忆已经有些模糊了，只剩下一些照片，让她能够从照片里面，寻找妈妈年轻脸庞上温柔的爱，记忆中的妈妈永远不会老去。

老去的是自己的父亲，不过她也已经很久没有见到他了。她在舅舅家住了多年，父亲的名字是不能在舅舅面前提起的。说起来舅舅舅妈对她真的很好，虽然经济条件不好，但是从来没有委屈过她，还供她读书到现在，但是供养三个孩子对他们来说真的很吃力。

娅舟一直勤奋读书，有很多事她必须靠成绩来换取，比如拿奖学金，比如考上更好的大学读个不烧钱的专业，申请助学贷款，毕业后找个好点的工作，只有这样才能回报舅舅舅妈多年来对自己的疼爱和照顾。

所以谈恋爱这件事，本来就不在她的人生规划里面。

但是真遇上了，谁还能提前规划好呢？

大熊是个很普通的男生，高三同学半年多，一直坐在她的后面，偶尔会跟她讲几句话，或者讨论一下问题，和过往那些被时光洗刷得面目模糊的同学一样普通。

他是个很温柔的男生，有时会给她几包小零食，有时会送她有好看图案的手帕纸，有时又会给她几支好看的笔或是一本好看的笔记本等等。这些都是趁别人不在的时候放进她的书包里，等到她回家做功课的时候才看到的。

他什么都不说，娅舟也什么都不说，但他们都明白。在这样敏感的充斥着年轻荷尔蒙气息的高中里面，居然能够把爱意藏得如此严密，不得不说，大熊有他的过人之处。

他知道娅舟没有多余的钱去买女孩子都喜欢的那些玩意儿，他也知道她必须努力生存，认真学习，所以他可以不打扰，只安静地示意。她一直在被爱、被倾慕、被思念着。

同一个城市的大学的录取通知书刚下来，大熊就打电话给娅舟表白。

## 3

娅舟在985大学，大熊只在一所普通的三本院校。少年时期他对她的那点点的好，当时应下来的话，就能够让她在大学四年里面，对其他优秀异性的示好视而不见。

有的人是很念旧的，念旧到固执的地步。

毕业后，娅舟说要在这座省会城市扎根，大熊二话不说就陪着她去租房子。

刚毕业的年轻人，只有毕业前几个月做实习生赚来的一些微薄的积蓄，如果想要住下来，那就只有住进发达城市里面的怪异产品——城中村。

城中村是个怪异的综合体：你可以用郊区的钱，租到足够生活面积的房子，还能享受市中心的交通便利；你可以用极其便宜的价钱，买到精品水果店里买不起的水果；你也能够用一个电磁炉，做出味道尚可的饭菜；苍蝇小店里的饭菜成色可疑但便宜无比；烧烤摊子上肉类很多但口味很重；十块钱就足够在两元店里买回很多生活用具；街道上有形色匆匆衣着光鲜的年轻人，也有形态猥琐的男人昼伏夜出……

为了省钱，娅舟和大熊最后选择了位于地下一层的一厅居室，月租只需要500块钱。两个人住是足够的，不好的地方就是衣服不能晒到太阳，还有卧室的窗户居然有一半是被外面的小路挡着的，如果不挂上窗帘的话，还看得到过往行人的脚。而且通常情况下窗户也要紧闭，因为会有很大的灰尘。

忙活了几天，安顿下来后，大熊和她去吃了一顿烤鱼，放了很多花椒和孜然，麻得舌头都失去了知觉。

## 4

因为太阳光晒不到衣服，地下一层湿气又比较重，大熊会在早上把衣服拿到外面的公用场地去晒，晚上下班回来的时候再收回来。一开始是没有问题的，直到后来，娅舟的内衣裤丢了好几次，他们就不太敢把衣服往外面挂了。

还有那么几次，娅舟总觉得半夜三更的时候，有人经过他们卧室的窗户就停下来了，似乎是在窥视，又似乎没有。虽然清楚对方隔着玻璃后面的窗帘什么都看不到，但她心里发毛，根本睡不踏实。

那些夜市功放的喇叭让人心烦意乱，不能好好处理带回家的工作，两元店里带回来的生活用品都是小作坊的山寨产品，用着让人感觉生活也像是山寨的一样。

住了大半年后，娅舟在一次夜里加班回来时，被未知男人尾随了5分钟，吓得她回家搂着大熊抖了半天，然后就决定一定要离开这个让人觉得极度不安全、没有生活品质可言的地方。

虽然手头已经有点积蓄了，但是因为平时也要存生活费给在读大学的表妹，换住处将是一笔不小的开支，所以娅舟很纠结，为此辗转反侧。

她不想和大熊开口，自己的负担要自己扛，尽量不要因为利益问题产生不快。

说要搬，大熊想了一会儿也就答应了，只是他说钱也不太够。娅舟并没有多想，就自己先把钱垫上。想到未来一年需要多支出的一两万，她咬咬牙，向公司申请多带一个项目。

年轻人就要多历练，收入多了经验也多了，娅舟是这么安慰自己的。

大熊一直在一个小公司做着销售，业绩并不出众，但他是属于过日子的男人，要求不能太高。

## 5

“娅舟，我把所有钱都转到你账户上了，知道你生气，我都不敢回去了。”现在已经是准未婚夫的大熊发来了一则短消息，娅舟本来深宽的双眼皮都肿成了单眼皮，她眯着眼睛看了一会儿手机屏幕，放下手机，索然无味地看着天花板。

这么半天，她想起了过去相处的细节。她一直都珍惜大熊和她多年的感情，以为两个人已经和亲人毫无差别了，直到早上，他告诉她，他手头有七八万块钱，可以一起凑首付。

他们已经租了几年的小区房，娅舟不但熬出头了，小表妹也已经毕业参加工作了。舅妈心疼她，叮嘱她要为自己打算，她手头也有一点积蓄，就开始物色能够买得起的房子。漂泊了这么久，她想和大熊有个自己的家，一个真正意义上的家。

一年前，她遭逢过一次经济危机，有三四万的资金缺口，那段时间她焦头烂额嘴角长泡，最后是用几张信用卡互相套现才缓了过来。

那个时候，大熊手头是有这笔钱的，足够让她轻松渡过难关，但是他绝口不提，就那样看她狼狈不堪地独自撑过去了。

现在他们已经准备结婚，他却提出了用自己的积蓄一起付首付，这些行为背后的心思，让人不敢细想。

这还是那个可以毫无顾忌地把后背露出来给他的大熊吗？还是她记忆中那个默默地在她书包里面放进各种小物件的大熊吗？还是那个说了只要她一心一意向前冲，他就会管好大后勤的大熊吗？

有爱情记忆的所有时光里面，她都把感情交付给了唯一的人，也把信任全部交托。这些年虽然她看惯了生活中的风风雨雨和职场上的刀光剑影，但都未曾动摇她分毫，然而她却开始踌躇这一番的进退。

她闭上眼睛，视线中一片暗红。

“没事了，你再想想办法去多借点吧，争取少些贷款。”思量许久，调整了一下心情，她发出了一条信息。

## 6

娅舟已经到了这个年龄，周围不是没有已婚已育的同事、朋友提点，讲述围城里面的千奇百怪没有硝烟的战争故事。那个时候，她总是觉得这些女人要么太过耽于家事，要么就是运气不好，没有遇到一个能够让人信任安心的对象。

大熊虽然平平无奇，但是胜在他愿意退后，成全她职场搏杀进取的欲望，将来肯定也是一名好奶爸。她觉得不能要求男人既要多赚钱，还要多做家务，现实生活中不可调和的矛盾很多，哪有那么周全，所以她也没有想过去寻找另外一个在外人看起来与她条件匹配的对象。

即使大熊没有提出帮忙凑首付，她也会在购房合同书上写上两个人的名字。这些年如果没有他做后盾，她哪里能够成为现在的娅舟呢？

“你不生气了吧？对不起，我只是一直觉得自己没什么出息。从毕业到现在，我攒下的钱也只有这么多，买不起什么东西给你。”

门一开，大熊就看到了她通红的眼睛，慌张地赶紧去拧热毛巾，一边絮絮叨叨地解释，他从没有见过娅舟发这么大的火，想到她可能会提出分手……他不敢再往下想，现在她让他去跳楼他估计都毫不犹豫。

娅舟闭着眼睛听他进进出出的声音，还有小心翼翼讨好的话，心中还是一软。她向他伸出了手，让他握住，让他烦躁焦灼了快一天的心，安顿了下来。

爱情和婚姻实在有区别，不要心存侥幸，以为自己是永远的幸运儿。不懂一点点的装聋作哑，没有一点点的迟钝麻木，日子很容易就会鸡飞狗跳的。

累了，不折腾了，就这样吧。

## 流年里的 »
## 一场猝不及防

### 1

李柯本来是不相信一见钟情这种事情的，一个毫无了解、毫无半分熟悉的人，怎么可能就会在刹那间心动，然后不管不顾地一头扎了进去？对于他这种读理工科的人来说，那简直就是开玩笑。

他觉得只有一种可能，要么就是对方长得很漂亮，或者很帅，才会让人初见就心生倾慕，向往不已。所以这种一见钟情的事，在帅哥美女的身上才是高发事件，对于普普通通的人来说，不过是鬼怪一样的存在——没见过，尽管大家都说有。

但他第一眼看到豆沙的时候，脑子里面就响起两个字：完了。

豆沙是他在同学的婚礼上见到的，她去帮新娘子打杂。那么多花枝招展的女孩子，他唯独就看见了衣着简单，而且神色略微憔悴的豆沙。

她话很少，有时候甚至在发呆，眉眼只能算清秀，但有一种说不清楚的气质笼在她身上，让她在喧嚣的人群里面，像是一个定格在快镜头里面的静物。

下午新娘子已经到了夫家，各种礼节也走完流程了，大家围坐在一起嗑瓜子消磨时光，等待晚宴开场。她有时候回过神会和身边的姐妹说说笑笑，但明显能看出来她确实是不开心。

李柯发现自己不由自主地把眼光放在她身上的时间已然有了几个小时。

他必须要有所行动了。当看到豆沙一个人跑去阳台上看风景时，他勇猛地行动了，过去搭讪。

## 2

“你一个人在这边看什么呢？”李柯笑嘻嘻地打断了豆沙的神游。她似乎有点茫然，回过头看看他，直截了当地说：“我不认识你啊。”

“很快你就认识了，我是新娘子的大学同学，你是她的同事吧？我叫李柯。”

“哦，有事吗？”

“没事就不能说说话吗？你叫什么名字？”

“……”

“我都告诉你我的名字了，作为交换你也得告诉我一声啊。”

“……叫我豆沙就好了。”

“豆沙，你好啊，我们加个好友吧！”说着掏出了手机。

豆沙转身就走，走到屋子里头抓住另外一个男生，拉着他讲了几句话，两个人起身就出门了，李柯只好先去问新娘子豆沙的情况。

“豆沙啊，好像有男朋友吧，我和她不是特别熟……刚才那个？噢，不是不是，也是同事来着。”新娘子说完，笑得一脸不怀好意，“你们以前不认识吧，打探一个女孩子有没有男朋友，肯定是看上人家了……要我给你牵线吗？”

李柯傲娇地抬了抬自己的俊脸：“你看我这张脸，还需要你这样的媒婆吗？”

“那我就等着你被打脸好了。”新娘子不屑地哼了一声。

李柯后来经常很伤心地想，是不是新娘子结婚当天，最好金口莫开。

## 3

李柯有点小烦躁地等了半个小时后，豆沙和那位仁兄回来了，手里多出来一个大玩偶，脸上的神色也好多了。年轻人都在起哄，豆沙只是笑了下摆摆手，没有说什么，很快大家就又热烈地讨论起其他事情了。

探究这事儿难不倒李柯，一会儿他就和陪豆沙出去的男生去混了一根烟，放空的时候，他装作不经意地问了一下情况。那男生满不在乎地说："哦，豆沙啊，前天和男朋友分手了，心情不好，刚刚喊我下去透透气。她盯了店里这个玩偶很久，我想着一个女孩子失恋也蛮难受的，就随手买了送给她。"

然后他一脸奸笑地看着李柯："兄弟，你应该不认识我们豆沙吧，这样打探，是不是对豆沙有意思？需要帮忙吗？"

这些人，都是什么狗鼻子！李柯一边讪讪地笑着，一边心花怒放地想：刚分手，就让我遇见她，老天爷你真是待我不薄。既然这些人都想当助攻，那我就成全他们吧。

"帮人帮到底，送佛送到西，那你把她的手机号码和微信号给我呗！"

## 4

豆沙有点烦，本来失恋后她想一个人独处，关起门来默默地哭几场，免得自己一张脸像是去上坟一样影响了别人，但参加同事的婚礼又是早就说好的事。她已经尽力掩盖了，实在忍不住的时候就进洗手间洗把脸，或者去阳台看下风景，提醒自己不要扫了大家的兴。可是这个突然冒出来的人是怎么回事？

等到大家纷纷坐上了去酒店的车时，愣神的她发现已经没有自己的位子了，李柯过来一脸讨好地说："他们让你坐我的车。"

豆沙想了一下也没有必要执拗，出于礼貌坐在了副驾驶的位子上。李柯发动了车子开始在小城里面绕弯，等她再一次走神回魂的时候，疑惑地问："你好像在绕弯？"

"不用太着急去现场啦，距离吃饭起码还要一个多小时，想聊聊天吗？"

"不需要。"

"需要，你的玩偶好像没拿，吃完饭我们是不是还要回来这边拿东西？"

"啊？"

"没事，等下和我一起坐，吃完饭我陪你过来拿，然后我再送你回家，这种服务只送给你哦。"

豆沙感觉自己真的不能再神游了，平时的机智怎么丧失尽殆了。如果正常发挥，像李柯这种油嘴滑舌的人，她一定会给他好看的。

到了酒店门口的时候，新郎新娘已经在迎宾了，两个人途经迎宾台的时候，李柯忍不住又逗她："你看他们戴着新郎新娘的胸花多好看啊，你看看，你看看嘛。"

豆沙说："你以后也可以戴的，急什么。"

"那你说，如果我戴着新郎的牌子，你戴什么？"

豆沙毫不犹豫地说："伴娘啊。"

李柯很沮丧。

## 5

豆沙到底还是被李柯的自来熟打败了，也开始在微信上面有一搭没一搭地跟他聊起来。某天吃完早餐，在单位饭堂没有抢到最后一个油炸果的她很是失落，刚好李柯搭话，她就随口抱怨了一句："我都大半年没有吃到油炸果了！"

“那玩意儿有什么好的啊，吃多了脸上长包，我们公司饭堂经常剩下很多喂猪。”

“你知道我属猪？”

过两天，李柯早上就发来消息：“出来门口。”李柯的公司和豆沙单位的距离虽说没有很远，但走路的话也需要二十几分钟。豆沙看了一眼时间，这个点他不在上班想干什么？

“出去干什么，我还有事。”

“出来，就出来吧，我的观音菩萨。”

“观音菩萨又是什么梗？”

“求你啦！”

豆沙赶紧到了大门口，李柯白皙俊朗的脸被朝阳照得特别灿烂，但他嬉皮笑脸的样子盖住了他的相貌，给别人的第一感觉就是个不正经的男孩子，反而浪费了他一副好皮囊。

“来吧，观音菩萨，拿着吧……我得赶紧回去了，免得被老大剥了皮。”递过来一个纸袋子后，他就赶紧开车走了，留下豆沙疑惑地打开热热的纸袋子，原来是两个油炸鬼。

豆沙哭笑不得，两个油炸鬼也值得这样巴巴儿地送过来吗？等她回办公室坐到自己的位子上的时候，坐在她前面的同事刘大姐笑嘻嘻地问她跑出去干什么，豆沙说有人送了两个油炸鬼过来。

“特地送两个油炸鬼？有心哦。”刘大姐脸上挂着过来人诡异的了然。

再榆木脑袋，豆沙这一刻也反应过来了。

## 6

有种女孩子她就是有这个本事，或者说有这种执拗：第一感觉就知道这个男生自己喜欢不喜欢，是不是自己想要的那个人，明确得旁人都看不下去，如何鼓动和劝说都无效。

怎么看，李柯从颜值到条件，都完胜前男友，而且还这么有心地主动追求豆沙，非常合适作为下一任的男朋友，而且还很有可能发展成为老公。喏，李柯的同学，豆沙的同事，当天的新娘子过来当说客的时候，就罗列出了这些诱人的条件。

豆沙连连点头，表示会认真考虑一番，同事满意地离去。

“我给你介绍个我的朋友吧。”

“干什么？”

“她是在镇上教书的，希望嫁到城里面，有拜托过我帮她留意下对象。”

“你不操心自己还操心别人啊？”

“我觉得你很合适她啊。”

“那行啊，你安排。”

于是在豆沙的安排下，这场很奇怪的相亲晚餐吃完了，豆沙的同学回去后只和她说了一句话：“我觉得他对你的兴趣大于对我的兴趣吧。”其实就差问一句：你是不是故意的？

豆沙自知理亏，后来她同学结婚都没邀请豆沙参加，这是后话。

豆沙觉得有必要彻底地拒绝他了。李柯作为一个斗嘴的朋友还是不错的，但是作为一个男朋友她似乎没有感觉；其次是李柯这种嬉皮笑脸的样子，给她感觉他的喜欢实在有点不靠谱。

## 7

豆沙请李柯吃了一顿夜宵，他很少接到这种主动的邀约，高兴得妙语连珠逗个不停，然而豆沙这次还嘴并不多，吃到后半段，豆沙就直接开口，说自己并不适合他。

李柯愕然地收回了夹菜的筷子，问：“为什么？”豆沙叹了口气，只回答了抱歉。

“好吧，我知道了。”李柯低下头沉默了一会儿，再抬起头时又是熟悉的笑脸。豆沙松了一口气，觉得其实早点了断，对他伤害也并不是很大，这样自己好歹也心安一些。她还坚持买了单，这次李柯没有抢，安静地看着她。

他突然感到很寂寞，胸口像有个大洞，呼呼的夜风经过他的胸口，带走了很多温度。他嘴角的弧度快撑不到送她回家了，倒不是因为被拒绝而恼羞成怒，就是希望自己赶紧回去关上门，抽支烟什么的，就是慌慌张张地想道别，他不愿意被让豆沙看到这种狼狈。

如果她觉得他好像不会受伤，就让她这么觉得好了。

## 8

如果当时我换个态度靠近你，你会不会对我印象好一些？

如果我不表现得那么明白地要追求你，把时间拉长点，会不会就能让你感觉我比较真诚？

如果我不是一直这么嬉皮笑脸的，而是认真一点告诉你，我是真的觉得你很好很有趣，很有趣的两个人在一起，不是理所当然吗？

如果我告诉你我也曾受过很多伤害，但不认为感情是种负担，因为你情伤未愈，我不想你老是走神地想着过去，所以才一直逗你开心，这样你会不会回过头看看我？

李柯用了足足一年的时间，才把自己心中那条见到豆沙就活蹦乱跳的鲤鱼捅死，自己和自己搏杀出了一身的血。这场戛然而止的心动让他有后遗症，偶尔在大街上看到貌似豆沙的身影，他都会心中一惊，避而不见。

如果没有以上这些如果，我依然感激那一天，你来到我面前，告诉我什么叫心跳。

# » 我曾以为<br>你一直在这里等我

*1*

家佳准备去机场接机，她看了一眼身边烦躁不安的阿东，说：“你要是不想陪着我就别去了。”阿东抬起头，犹豫了一下，还是摇摇头，说没关系。

家佳的前男友在加拿大留学，准备回国看看情况。看情况？阿东心里苦涩，不就是回来了，又想和家佳在一起了嘛。

阿东和家佳正式交往不过两三个月，然而在一年前，他就已经喜欢上了她。当时的她正苦等着出国留学的男友，已经等了两年有余，因此有大量的空余时间，有时候会被好友拉出去吃饭唱歌，也因此认识了好友的同学阿东。

阿东很喜欢她，可以说是一见钟情，然而家佳在他初次单独邀约的时候，就骄傲地宣称自己已经有男朋友了，不过是在国外留学而已，很快就会回来的。阿东赶紧缩回自己的触角，退回到普通朋友的接触范围里爬行，心存妄念地刷刷存在感。

直到某天加班很晚，下班后，在公司附近的快餐店里，他看到了肆无忌惮地哭花了脸的她——交往多年的男朋友给她发来一条冷漠的消息，说自己已经爱上了另一个女孩子，让她不要等了，又列出种种理由，什么不耽搁她了，什么异国读书辛苦空虚寂寞冷云云。

“随他吧。”阿东叹息着把这只被抛弃的失恋动物带回了家，让她洗干净后又让出了床，自己做了“厅长”。

过了几个月，两个人就在一起了。

## 2

其实阿东不知道家佳为什么要告诉他要去机场见前男友，其实她私下去了也没有问题，即使她想重回旧人怀抱，他也不敢有意见，因为他一直有点内疚心虚，感觉自己是在对方情感最虚弱的时候入侵进去，有点乘人之危。

看着家佳颇为淡定的脸，他心里的难过就像溢出杯子的水一样，慢慢地流了一地，但他不敢表露出来，甚至都不敢拉着她的手。这样的话，如果家佳和对方复合，应该也不会造成什么误会。

是不是真的太过喜欢一个人，即使可能失去她，都会希望她得到自己想要的？“这是谁呀，家佳。”推着大小行李走出出口的前男友，一眼就看到了一同前来的阿东，颇为警惕，似乎闻到了什么气息，语气中带着的敌意。

“噢，这是我男朋友阿东……欢迎你回来。”家佳很自然地挽过阿东的胳膊，笑着向他介绍。

“我很了解你。”看着正要发作的人，家佳微笑着说，“你想说我是故意气你的是吗？不是的，我只是想告诉你，阿东对我很好，你说因为在异国很寂寞，我也理解，因为我在这边也一样，所以我原谅你之前离开，但是你说的复合，真的没有必要，大家都在向前看。这些话我就当面和你说了，祝福你，以后大家还是朋友……阿东，走了。”

阿东的脑子跟糨糊一样，晕乎乎地看了一眼万分失落的对方，又晕乎乎地被拉走，晕乎了几天还没有从被幸福的陨石砸中的状态中恢复，几乎班都没法上了。

但他又忍不住快被喜悦撑爆的心情，打开微信，和我讲了这个真实的故事。

## 3

我笑着关上了对话框，想起很久以前，还在读初中的时候，在一本文摘刊物上看过一则爱情故事，关于鱼眼的故事。

女生本来是不吃鱼眼的，因为男朋友觉得鱼眼是一条鱼里面最好吃的部位，还带着曾经奶奶给他的关爱的温度，所以每次吃鱼的时候，最好的要给最爱的人。慢慢地也让女生爱上了吃鱼眼，也习惯了他夹过来的这份带着把她放在心尖尖上的心意。

只是女生心中有着大世界，和男朋友的想法不同。已经准备好婚房的他，没有等到心爱女生的应允，随后女生就离开了原来的地方，闯自己的广阔天地去了。

兜兜转转的流年里，女生从青涩的女孩子变成了女人，却再也找不到一个真正把她放在心尖尖上的良人。回到原来的地方时，女人发现男人已经有了温馨的小家庭。她以朋友的身份到曾经属于她的房子里做客，女主人做了一桌子菜，而且还有一条鱼。

男人给她夹了一大块鱼肉，却把鱼眼睛温柔地放进了妻子的碗里。食不知味的一顿饭后，她走在路上，泪流满面。

## 4

彼时年轻，读完的想法是，男人的变心好像也很快啊，但是随着年岁阅历的增长，却觉得这个男人是真正能够获得幸福的人呢，就像阿东的女朋友家佳一样。

不是吗？他在和这个女人恋爱的时候，就当她是未来的妻子一样疼爱，精神上让她安定，物质上不让她操心，即使最后她放弃了这份感情，他们也并没有交恶，多年后他还以朋友的身份招待她，必定心中毫无芥蒂。

爱一个人，就一心一意地爱着眼前的人，把最好的给她，不会心生怨怼，旧情未了。但对感情，对谁好要初心不忘。

情之不知所起，谁都希望有个美好的结局，等待对方的决定也是自己心甘情愿的，希望爱情有眷顾的时刻。但同时每个人也都有自己身上的责任，生活也需要一路向前，没有得到回应的情感终会破裂，也就只是时间的问题。

谁都没有权利要求别人一直等你，别人也没有义务一直提供给你一份备份的情感。

## 5

有人曾经办过一场预约演唱会，今年情人节买了双人的套票，明年同样的时间才能入场，结果让人很沮丧，能上座的情侣寥寥无几。

世人叹息爱情的变化太快，不长久，然而换个角度看，其实爱情也是一场相互淘汰的事。不管是否爱过，不管是不是求而不得，不管是不是久候未至，最后绝大多数的人，都能找到自己的那把麦穗。

我们常常对感情过于慷慨，又常常过于吝啬。诱惑太多的时候，就看不清楚自己的心，走不到对的人面前去，叹息停留埋怨，都于事无补。

各种各样的情感中，爱情应该算是最为娇贵的一类了，它是如此迷人而神奇，它能让你柔软得不可思议，又能让你感觉自己有了铠甲，坚不可摧。然而让你独自揣着一份看不到希望的等待，再坚硬的铠甲，也会被时间吹得千疮百孔，脆弱不堪，你心里的爱，也许就慢慢等成了恨。

与其这样，不如轻轻卸下这沉重的负担，放下一颗执拗的心，把他放在脑海里最光明最坦荡最温暖的记忆区域里，感谢他曾经给你的欢喜和悸动。

然后把这份感情，交到合适又愿意与你携手的人手里。

愿你好，祝我安。

# 你的爱情，在环线地铁上 »

## 1

秋安瞟了一眼手机右上角的时间，探出头看了一下绵延的铁轨，远远地看到地铁列车头上刺眼的灯光穿过清晨的薄雾，快速靠近站台。

广播开始播报，人群略微骚动，楼梯和自动扶梯上的人开始小跑。

地铁挟着一股清冽的风轰隆隆地冲进站台，吹起秋安额头前的碎发，她微微眯起眼，把身体下意识地往旁边轻微地缩了一下，准备避开车门打开时冲涌而出的人流。

如果这个时候有人能仔细看她一眼，就会发现，秋安真是个美丽的姑娘，裸色的围巾衬出她脸上淡淡的光芒，修长微弯的眉毛下是褐色的大眼，再下来是柔润粉嫩的唇色，不像那些心焦的姑娘，用突兀出众的颜色来提醒自己的存在，走近一看却干燥得像久不下雨的泥土地。

大致的区别也许是，一朵等待随时被亲吻的樱花，和一个在职场冲锋陷阵的烈焰铠甲。

只是在准备挤进上班高峰期的地铁队伍里头，神色各异的人群，脑海里充填的都是挤进车厢以免上班迟到的想法，谁都不会带着闲情逸致去观赏一朵花。

三号线和四号线，各自抵达站台，又各自擦身而过呼啸离去，快步跑上站台的人，懊恼没有快跑这十几秒，然后掏出手机消磨着这几分钟的等待时间。

## 2

地铁碾过城市的脊骨，把每个人输送进一座座大厦，早早晚晚明明暗暗来来去去的人流中，年轻或者已经不太年轻的男女，在自己狩猎果腹的过程中，遇到了感兴趣的异性，然后开始一段又一段的追逐游戏。

这是大都市，生存压力太大，诱惑太多，花前月下的时间太少。不良的土壤种不出根正苗红的情感植株，又很难把根扎住，稍有风吹草动便摇摆不定，若是一阵小浪打来，这个爱情的小苗就会被现实拔出，扔在太阳底下曝晒至枯萎都是常事。

晚上八点五十分，秋安疲惫地按下手机的电源键，把头略偏，看向窗外。华灯已上，不久地铁就会进入地下隧道，她沉默地看着犹如镜子的玻璃，上面映出她一脸的无波无澜。她舔了一下有些干燥的嘴唇，开始思索，回到那个小出租屋里头，男朋友会说些什么。

这种胶着的状态已经有一个多月，他不过是不想背负那点脆弱的道德谴责。秋安其实很想告诉男朋友，提分手没有他想象中那么难，只要他开口，她就已经准备好了答案，送他一个痛快。不过是格子间又一段普通的恋情，何苦搞得她像个无趣的黄脸婆一样，在远离她的地方编派他与她并不存在的磕磕碰碰。

她不是阻力，但可以作为另一段的感情滋生成长的肥料。冷讽意味的笑容突然挂上了她的唇角，秋安已决定还是由自己当这个恶人，成全他人。

## 3

“鹿鹿，我和男友分手了……”周五晚上，哭得稀里哗啦的秋安打电话给老友，举着热毛巾敷着肿成核桃的眼睛，和没有多少知觉的肿胀上唇。刚刚说完这句话，她的眼泪又蜿蜒而下。

电话那头的鹿鹿听完故事梗概后，只问了几个简单的问题：“他搬走还是你搬走？”“你有没有放钱在他那边？”“你明天需不需要上班？”末了补上一刀：“多哭会儿，你现在有地儿住不用流落街头，存款还能让你出去吃顿好吃的，交得起下半年的房租，明后天还不用上班，又成全了一对狗男女积了德，好事都让你赶上了，你这是喜极而泣吧！”

鹿鹿说得似乎挺有道理，秋安止住了哭泣，喷出鼻涕泡泡笑骂一句：“你这没良心的东西！”

看来，拥有一个能够直抵核心问题的损友是种重要的资源储备，但秋安还是觉得难过，这么容易三两刀就斩断的感情，还有这戛然而止的没来得及做够全套的爱情流程，让她有种不甘心，有种失落，有种吃不饱的虚空感。

这种虚空感，又很容易使行色匆匆努力求生的男女，饥不择食地寻找下一段感情来填补，却又因为没有足够的踏实感，不敢轻易交出自己、裸露真心、付出彻底的忠诚，但这能怪谁？

秋安突然觉得脚下的地板有点凉了，这个城市已然进入深秋。

## 4

其实，捕猎者经常比你想象中来得快，只要你愿意散发出一种叫“我尚单身”的气息，更何况，像秋安这种长得一副适合做女朋友又很有可能发展成为老婆的样貌，只要愿意游出自己的小区域，稍微创造机会，然后安心等待有心人即可。

次年的春天，在某个自然绿化带，繁复的樱花瓣落在草地上，陆明按下单反的快门，然后马上调出刚刚拍下的那张照片，放大相片里面那张美好的侧脸。姑娘有柔顺自然的半梨花中长发，仰起的脸上有阳光轻柔的斑块，嘴角含笑，半眯着眼看着微风中飘落的花瓣，带着绯红光泽的嘴唇在虚化的樱花树背景下显得特别好看。

好看到陆明觉得，这是他学会拍照后，这些年在春天拍下的照片里头最好的一张。

好看到他的心开始猛烈跳动，他有预感如果他不做点什么，将会是他人生最大的遗憾。

好看到他又举起了相机，咔嚓咔嚓拍了几张相片掩饰自己的一时慌张，然后踌躇一番深吸一口气，快步走向这个姑娘："冒昧打扰了，我给你拍了几张照片，你看看怎么样？"

"如果你喜欢，加个好友，我回去发给你好吗？"

## 5

4号线地铁挟着一股寒风轰隆隆地冲进了站台，车身上还带着薄薄的一层晶莹，露天的站台纷纷扬扬地下着这个城市少有的一场雪。秋安的脸在裸色的粗针围巾里面显得像皎洁的月亮，她深吸了一口零度的空气，神清气爽地吐出一团白色的雾。她依旧不涂铠甲一样的烈焰红唇，但也不再涂粉嫩的颜色，已婚的人，不需要张扬，也不需要吸引，不需要故作坚强，也无须暗藏撩拨。在这个城市土生土长的先生，因为不需要拼命扎根，显得慢而从容，才会欣赏到她的好。

地铁4号线是条环线，就算错过了你要下的那个站，只要你有足够的时间和耐心，就再兜一圈，多看一些风景，多看些人上上下下行色匆匆，就一定还会回到那个站。

## 勇往直前的毕业季 »

### 1

楠叶手里拿着一盒纯牛奶，站在楼梯拐角的玻璃窗下，有点期待地向楼上望去，2楼、3楼……到4楼的时候，果然看到正靠在栏杆上的他，正和死党大军说说笑笑，一副没心没肺的样子。

心里那点小期待被满足，她脚步半跳跃地下了楼梯，瞬间觉得嘴里的牛奶后味特别甘醇，从鼻孔里面都能飘出那股被含化的甜甜气息。

这盒牛奶，是他前天晚上送给楠叶的，俩人已经许久没有讲话，但他就那么堵在她经过的路上，递给她一个超市的大袋子。昏黄的过道里上不断有走过的同学，有探头探脑的，八卦感十足，她只好接过袋子，小声说了句谢谢，低头快步从他身边掠过。

袋子里头是6盒牛奶和四包QQ糖，还有一张字条：喝牛奶安神，考试会考好点的。他的字一如既往的丑，楠叶把字条折好放进笔袋，拉上被子盖住了脸偷偷地笑。

这几天，因为高考，楠叶学校里的学生在另一个学校借宿。考完这一场，大家还不知道以后会各自散落到哪里去呢。

最后一科考完，回到宿舍收拾东西，思想斗争了很久之后，楠叶终于克服了自己的执拗和羞涩，鼓足勇气，走到男生借宿的宿舍楼下等着。她等了很久，直到大军下来。大军看到了她微微一愣，旋即了然，走近楠叶，只讲了一句话："他舅舅来接他，他早走了。"

18岁的女孩子，是怎么僵硬地转身走开，又是怎么坐车回到自己家的连她自己都忘记了，她只记得回家后她埋头狠狠地哭了一场，把心思关在了那个潮湿闷热的暑假里头，发酵成一坛后来都不愿意打开的五味杂陈。那应该是她记忆里头对感情最初的恨意，还有初次舔到这个刀口的锋利的惧、痛与怕。

他真的有这么残忍，残忍到道别都不说，背影都不留，绝尘而去，尘土落定了，还要别人来告知？

## 2

这本是一个没有什么特别的高中校园故事，高三分在同一个班，开学她任团支书，林舒是班长，在第一次开班委会的时候他就注意到了这个短头发的女孩子，总觉得她很眼熟，说不出来的熟。

人就怕感觉对方熟悉，会给人一种上辈子认识或者梦里见过命定相遇的错位感。因为这份熟，他就多注意了她几分。楠叶无意间转过头对他灿烂一笑，少年有生以来第一次知道什么叫心会漏跳一拍。

在班务的来往中，林舒开始慢慢靠近楠叶，会送她很多小玩意，看到什么好玩的好吃的都拿给她。而她有时候会收下，有时候会拒绝，收下的时候他放学后在篮球场上的三分球会投得特别准，被拒绝也一直信心满满。

直到几个月后突然有一天，他骑车途经一个路边摊，停了下来，仔细地想了很久很久，一股凉意从心头浸漫出来，他的手指苍白僵硬而冰冷。到家后，他第一次不想打电话问问她到家没有。

他坐在电话机旁边发呆，手指在楠叶给他的习题集上无意识地划来划去。

因为林舒突然想起来了，一年前，她和一个男生坐在那个路边摊的小桌子前，他认识这是高三的一位学长所以打了个招呼，而坐在小椅子上的她微微仰起头看着学长抿嘴一笑，但那是曾属于学长的美好，所以现在她对他的笑，有几分真，几分假?

学长毕业了，她是不是就失恋了？自己是不是一个替代品?

林舒干了件特别特别蠢的事，在妒意的驱动下，深夜十点，他打了一个电话给她，直截了当地问：“可以做我女朋友吗？给你两个小时时间考虑，十二点前给我答案。如果答应，请给我一个电话；如果不行，以后你就不要打电话给我了。”电话那头的她，似乎受到了惊吓，但林舒狠狠心，直接挂断电话。

十一点半的时候，林舒自己忍不住煎熬打了电话给她，电话很快就被接起，然而长时间的沉默让他的心逐渐冷掉，只听她慢慢地说：“我觉得现在更重要的是准备高考……”

“好了，知道了。”电话再次被粗暴地挂断。

此时距离高考还有半年，以后的事，谁知道呢？这个人的心是石头做的吗？林舒愤怒地攀住门框一口气做了三十多个引体向上，直到身子软软地掉了下来。

## 3

“她心里有没有你还不好办。”大军撇嘴，“高一有个小学妹特漂亮特多人追。楠叶和她不是同在一个教师休息室里面午休吗，你给这个小学妹送几枝玫瑰花，这样她肯定会知道的，如果她真的吃醋，那就会找你问清楚啊！”

这狗头军师的主意好像不错，虽然他隐约觉得好像哪里不对，但也没有想到更好的办法。

林舒终于点头，从善如流。

“楠叶姐，你看看，今天早上，你们班的班长送给我的玫瑰，能托你把它退回去吗？”几天后的中午，果然如大军所料，小学妹还真的就找楠叶干这个差事了

小学妹的漂亮的大眼睛里头都是无辜。楠叶虽然穿着很厚的棉衣，但此刻觉得房间墙壁上都挂着霜，她尽量控制着语气，温柔一笑又满不在乎：“小意，这种事情哪里有托人退回去的道理啦，不喜欢就扔掉好了，我可不能帮你干这种事。”

回到教室的时候，身形几乎是佝偻着的楠叶挺直了脊梁，喃喃自语：“哪里有一件事比高考更重要啊。”虽然这个乌龙事件的疑点太多，但如果他这么容易就转了目标，也不管她会不会受伤，那么也算不上良人，不值得为此遗憾吧。但她终究是动心了，已经输了。

少年的心事，就这样被哭笑不得又让人遗憾的车轨导向了不同的远方，各有不甘，各有暗恨，两人心照不宣地从此一语不发，偶尔相逢就像两个互相给对方捅了暗刀子的剑客，苦大仇深的，终又泯然于一笑，意味深长。

## 4

楠叶的学习成绩丝毫不受影响，不久之后的期末考试，她居然挤进了年级前二十，成了老师们心中的种子选手。

但林舒的成绩不好，一直在班级中下游徘徊，不过家里人对他已经有了安排，去读个三流的大专医学院，然后再从事相关的工作，人生线路都被设计得很流畅，他觉得很好，也没有异议。只是那所院校在遥远的北方。

日子过得飞快，因为单调而重复，因为机械而麻木，他们都在书堆试卷里面埋下头，抬首时已经接近高考。

填志愿时喧嚣了几天，之后教室归于平静。

那天中午林舒独自坐在教室，呆呆地看着收上来的一堆志愿表里面她的那一张。其实他就知道会是这样的结果，他和她的志愿，无一交叉重叠，就连班主任牢牢叮嘱的，填个本地的职业大学作为保底，她都没有填进去。

有脚步声传来，楠叶居然出现在门口！她看到林舒，略吃惊了一下，冲他点点头，然后走到自己的座位，取出一本练习册，又离去，没有一句话。

这样的冷漠，让他的心沉到了最底，他很想喊住楠叶，告诉她自己的所有心思，但她的扑克脸让他觉得，无论他做什么都于事无补。在摸不透她心思的兜兜转转里，他清楚地明白自己走进了死胡同。

但他害怕继续被拒绝，再来一次的话，他已经不敢确定自己能否承受。

## 5

楠叶在临考前一个月养成了一个习惯，就是在放学后，等同学打扫完教室，她会留下来再学习一个小时。因为已经是夏天，天黑得比较晚，迟点回家也没有关系。在只有一个人的教室里，她心里很是安定。她喜欢这种奋笔疾书、一步一步踏实走向自己目标的感觉，她有足够的自信能够考上自己心目中的院校。

这天，正在冥思苦想一道题目的时候，走廊里传来了篮球有节奏落地的声音，接着，整天抬头不见低头见的林舒就出现在了教室后门。

“咦，你在这里啊。”林舒大声地和她打招呼，似乎从来未曾有过芥蒂。

“是啊，你还没回家呢？”楠叶转过头，仰起了脸笑眯眯地回答，也像从未和他有过任何不快。

见状，林舒大大咧咧地抱着篮球坐在楠叶旁边的桌子上，她也微笑着直起身子看着他。暗战如斯，双方均不贸然出手，任由剑拔弩张的气氛蔓延。

但高手就是高手，楠叶的眼光从他脸上慢慢扫过，然后她在书包里掏了一会儿，拿出一包纸巾，探身放到桌子边上："擦一下，这一头的汗。"

纸巾没有任何香味，他很喜欢，擦了擦脸，沉默了一会儿后他兀自开口了："我以后会读医学院。"

"我知道，我看过你的志愿表了。"楠叶的眼光又放回到习题上，慢条斯理地勾出一个选项，"你的字不好看，不知道以后要是真的成了医生，开方子人家能不能看得懂。"说完抬起头和他对视一眼，两个人同时笑出了声。

"我以后可能不做医生，我做公司老总，你就做我的秘书，什么都不用干，专门给我冲咖啡就好啦。"

楠叶听完后，侧着脸定定地看着他，发现他褐色的眼睛真的很温柔，似乎里面盛满了水，波光粼粼地倒映着期待的光芒。她第一次觉得一个异性的眼睛能够生动地诠释"温柔似水"一词，她在心里叹息一声，这个眼神，自己应该会记一辈子吧。

但她什么都没说，笑了笑又把眼睛移到习题上面："又胡说，赶紧回家去吧。"转过头，林舒眼里的火熄灭了，他在心中长叹一声，起身离开。

这一场对话后，两个人依旧心照不宣地回到不说话的状态。直到高考结束，林舒先行离去的一幕，狠狠地给楠叶补了一刀，也给她上了非常重要的一节情感课。

以为胜券在握的人，最后都会发现其实自己更容易受伤。想解释的时候，发现已经人去楼空再也没有机会了。从此之后，再遇到了谁，楠叶也没有这样煎熬过自己和对方了。

## 6

楠叶顺利地考上了自己理想的院校，选了自己喜欢的专业。大半年后，她遇到了不太讨厌的男生，正式谈起了恋爱。楠叶并非生性凉薄的人，她只是清楚什么比较重要，对待每段感情她都一心一意，就像她做过的那么多题目一样，不管后面还有多少，只需要专心应付眼前这道题目，当下就是它最重要。

其实，林舒后来还是找到了她宿舍的电话号码，并且给她打了很多电话，也写了很多封信，解释了当初一时之气之下做的事情，但楠叶在最初的激动欣喜之后，逐渐发现，其实他不太适合她，或者说，他一直没能真正地理解她，即使她真的很想和他谈一场真正的恋爱。

楠叶也没有告诉过他，其实她梦见过和他坐在河边，夕阳下他们慢慢地靠近对方的嘴唇，又羞涩地分开……那种感觉美好又甜蜜，从此之后她心头了无遗憾，即使她整个大学期间，一直都在喝着他当时送她的那个牌子的纯牛奶。

她逐渐冷漠的态度又一次伤害了林舒，慢慢地，慢慢地，他们再次渐行渐远。

## 7

多年以后，你还会想找到当年的那个人，解开心结吗？

中学时代发生的情感，有种特殊的魔力，就是不管你在什么年龄和情况下，回忆起来，都能瞬间穿越岁月，回到那个穿着丑丑的校服，迷茫又简单矫情的年龄去。

怀孕以后，日子清闲，楠叶无意中浏览了自己很久没有登录的校园网，发现林舒在一个多月前浏览了她的主页，并且私信她，留下了一个QQ号码，希望能和老同学聊聊。

点开他的头像，看到一大堆的婚纱照、婚礼现场照、蜜月欧洲旅行照、公司年会照、各地旅行照。林舒已经变成一个颇为成功的大好青年，不知道专门给他冲咖啡的秘书，是不是就成了他的老婆？心里一阵愉悦，楠叶顺手加了他的QQ，很快林舒就通过了验证，两人开启了叙旧模式。

“你还记得你送给我的那个仙人球吗？我妈把它养得很大了，想一想都有十年了……前几天我回老家去了，我妈还提起你呢！”

“是吗？我还送过你仙人球？”楠叶努力地想了一会儿，放弃了，又客套了一番。

林舒又讲了很多过去的事，提起那个学长的时候，楠叶说了一句：“噢，他是我表哥，我们从小在一起长大，所以感情挺好，后来他考到外地一所大学去了……我不是送过你他的习题书吗？”

林舒又和她说：“我后来没怎么和大军来往了，他和我说过你在高考结束那天找过我。”她发过去一个微笑的表情，说：“是呢。”但没有更多的话。

林舒问她要手机号码，他现在因业务需要，经常到她所在的城市出差，希望能够见个面，喝一杯咖啡什么的。楠叶拒绝了：“我现在肚子很大，行动不太方便，也胖得像只大白猪一样，有机会再说吧。”

林舒说：“你啊，你怎么老是这个样子，一点人情味都没有。”

楠叶说：“嗯，我是这个样子，接受批评。”

如果你再主动一点的话，我们是不是就会有个不同的故事结局了？

林舒终究没有问出这句话，他用了十年的时间还是没有闹明白，他明明在她眼中看过为他闪烁的光芒，为何却没能够把这个故事写完整。

# Part 2

## 这个世界<br>需要一个清醒的你

»

# » 谁不曾
# 卑微地爱过一个人

## 1

肖高找我帮忙，听完之后，我摇摇头拒绝了："没意义，不了。"

他急切地将身子向前倾，桌子上的咖啡微微荡漾着，像他初遇小菲的心："蔡姐，我这辈子很少求过人，你就当是帮我这个忙，你的大恩大德一定重谢。"

就差说来世还要当牛做马任我差遣呢，我看着他眼中的祈求，终究心一软，无奈地说："好吧。"虽然对我来说不是难事，只是看不惯他一提起小菲就这么理智基本丧失的样子。

"谢谢您，我不是为了什么，我真的觉得她能好起来，我就心满意足，她不喜欢我也是正常的，现在的我不够好，就算我是她，我也不会选择自己。"他看到我终于点头，语无伦次地表达着，"你不用担心，也不用替我不值得，我觉得这样就很好。"

要不是在咖啡店里，我真想抬脚就把这个大个子踹倒在地，然后拂袖绝尘而去。

但人嘛，就是这么奇怪，在这个感情世界里，他是弱者，我属于强者，强者喜欢弱者的依赖，反而容易心生怜悯，帮一些不是本分的事情。

## 2

小菲是个很可爱的女孩子，在肖高没有找到我之前，她在我眼里只是一个小妹妹，认认真真阅读我的每篇文章，评论打赏，在粉丝群里叽叽喳喳。

肖高现在希望我做的，就是靠近她，然后给她做一段时间的心理辅导："你没注意到她已经一段时间没有在群里说话了吗？她每天非常纠结痛苦，但又不知道怎么办，我偷偷看过她的微博小号，精神状态真的不是很好。"

"如果能给她一点光、一点希望，让她有点儿力量度过这段时间，就可以了。她已经很久不和我说话了，我和她说话就被怼，威胁要拉黑，所以只有蔡姐你了，她喜欢你，你说话她一定听的。"

"那你怎么办，你要知道，她好起来之后，我是不可能会告诉她接近她的原因的，否则会引发负面反应，更有可能前功尽弃。"

"没关系，没关系，我配不上她，不需要让她知道，我就看着她就好了。"

我快被这种大无畏牺牲自我的精神感动出泪花了，剩下的理智让我提出了一个要求："跟踪心理辅导很贵，你现在条件不好，先打个欠条，熟人打折，五千块就好了。"

肖高竟然毫不犹豫地应下了，还说应该加到一万，他疯了。

## 3

张爱玲说："遇见你，我变得很低很低，一直低到尘埃里去，但我的心是欢喜的，并且在那里开出一朵花来。"

这句话成为许多人夜里辗转反侧安慰自己的话，面对自己无法掌控的感情，难以高攀的对象，横生了太多的卑微姿态，但是不要紧，因为心头开出了一朵花呀。

虽然这朵花是在自己的臆想世界里，虽然对方的一颦一笑、一怒一愁都能够把这朵花随时摧毁又随时重塑，特别是在羞涩年少的时候，害怕被拒绝、害怕被发现的心思，又轻易碎成齑粉的心，总让人想起来就惆怅，又带了那么点儿不甘。

我答应肖高，是因为也曾体会过爱得卑微的心情，可我没有被温柔对待过。带着这种补偿心理，也为了治愈他，不让他留有遗憾，希望他在以后的岁月里面回忆起来，释然放过自己。

但我已不再矫情，不再苦求，那是还经得起折腾的人才有资格玩的。

很快，我通过后台告诉小菲她中奖了，中了两本由我亲自挑选的书，这个人为意外让她欣喜若狂。借此，我就和她建立了亦师亦友的关系，她也逐渐透露了很多自己的事情，也请求我的指导帮助。

让我暗暗叹息的是，在肖高的说法里，他曾出现在她的情感世界极为短暂的一段时间，然而小菲只字不提，他在她的记忆河流里面都不曾重要过，溅不起一朵浪花。

## *4*

我用大半个月陆陆续续听完了小菲的情感故事，又用小半个月歇歇停停了解了她的纠结和慌乱，再逐一指点出她的思维误区，让她每天都汇报自己的想法。小菲是个很聪明的女孩，本性顽皮有趣，加上又长得可爱动人，难怪肖高在她面前会自惭形秽。

就这样，两个月过去，她开始变得安定了，对我也越来越信任，甚至在买不买房这个大事上都和我商量。每天开开心心地往群里发美食照片，插科打诨不亦乐乎。肖高也不时地向我表示感谢。

可又和你有什么关系？她又不知道。我有时还是忍不住戳他一刀。他还是坚持，看着她开心就好。

直到有一天，小菲在群里和一个人互相怼了起来。嘴贱的人毫不顾惜她是女孩，她也丝毫不退让，努力还击。“吃瓜群众”默不作声，一两句话之后，大家都翻页了，相安无事。

可是，肖高怎么可能吞得下这口气，他看到群里信息的时候，已经过去一两个小时了，他仍旧艾特（@）了那个人，并且开骂，甚至讲出约架的话，显然已经丧失理智了。

“吃瓜群众”也不敢出声了。我看不下去，只好出手缓和尴尬气氛，讲了一些场面话，又发了好几个红包，大家跟风也发了很多红包。小菲在领取了红包之后，艾特（@）了那个人，说了一句：“我领了你的红包。”

肖高看到信息，紧咬牙关，背部发凉，忘记呼吸。

## 5

很久以前，看过一个故事。

寒冬，男孩和女孩上晚自习，女孩突然想喝牛奶，于是男孩就下楼买牛奶，可牛奶冰冷。于是，男孩用自己的体温热牛奶。很久之后，当他回到教室时，女孩留了纸条：不要来找我了。男孩傻傻地站在原地，一口气喝光了还有自己体温的牛奶。多年后，男孩淡淡地说：谁的青春没有卑微过。

肖高散落一地的狼狈不堪，无人顾惜，有时候感情的暗战，真的远比真刀实枪来得残忍。

当你爱上一个人的时候，就等于把伤害你的权利交到她手上。而且你越卑微，越是低姿态，她越不在意，越留不住。不平衡的关系，养育不出茁壮的爱情植株。

肖高从此只与我单线联系，认真工作。颓废已久的他，重伤过后再起身，恍如隔世。我和他说，努力赚钱还上之前打的白条，他认真地点头，希望我能继续和小菲保持这种关系。

至于小菲，但愿她永远不知道，自己曾被深爱过，又亲自那么深地伤害过一个男孩子跳动的心。

# 谈不起恋爱，<br>你就干脆避免开始吗？

荷西问三毛：“你想嫁个什么样的人？”

三毛说：“看得顺眼，千万也嫁。看得不顺眼，亿万富翁也不嫁。”

荷西说：“那说来说去你还是想嫁个有钱的。”

三毛看了荷西一眼说：“也有例外的时候。”

“那你要是嫁给我呢？”荷西问道。

三毛叹了口气说：“要是你的话，那只要够吃饭的钱就够了。”

“那你吃得多吗？”荷西问道。

“不多不多，以后还可以少吃一点。”三毛小心地说道。

——《撒哈拉沙漠》

## 1

知乎网有个十万关注的问题：“现在的男性是否普遍不再对女性展开追求了？为什么？”高达一万多的回答数，从社会学、心理学、经济学、情感婚恋各种角度进行了剖析，然而一个男生半吐槽形式的回答，却获得四万多高票赞同。

除去女孩被动而矜持的姿态经常让男生无所适从之外，他同时谈到了一个很现实的问题。恋爱的时候所产生的消费，基本都由男生埋单。多次的失望之后，他只好暂时选一种最实惠的模式：维持单身状态。

他的理由也很充分：大城市的生活成本已经让一个人喘不过气，作为一个对未来有点儿设想的男生，他必须看着房价攒钱，理财让资产保值，才能让以后的婚姻有所保障。然而大多数的女生，似乎对于这些现实问题不需要过多考虑，因为恋爱婚姻的金钱成本，在传统的观念中，已经默认应该由男方承担。

我们知道爱情是件美好而浪漫的事情，但我们也无法否认，“有情饮水饱”只是适用于调侃两个已经进入热恋环节的人，对于许许多多还未进入状态的单身男女，更多的还是会从现实角度去评估一份感情是否有开始的必要。

与其说答主是迫于生活压力，不愿意投入成本看不到希望地去追求异性，倒不如说，他找不到一个愿意与他共同分担压力的女孩子。反过来说，女生看不到对方付出诚意，又怎么会轻易交付感情，再和你一起去承担？

没有投入，就没有回报，就无法发展，但投入又不一定有回报……这逻辑，看起来就是个无解的死循环。

## 2

近日，德意志银行出版了《2017年全球城市价格指数地图》，这份报告详尽对比了全球各大城市的物价指数，得到了一系列有趣的结论。其中就有一个“恋爱成本”的指标：全球“恋爱成本”最高的城市是瑞士苏黎世，同时中国香港和上海都榜上有名。

根据德银的数据，上海的恋爱成本只相当于纽约水平的61%。以5月7日的汇率计算，在上海一次普通的约会大约花费563元，这对很多“沪漂”年轻人平均六七千的工资水平来说，确实不堪负荷。

高额的彩礼费还算是一个硬指标，好歹大家心里有个底，而恋爱投入的金钱成本可就没办法量化了，更别说谈恋爱的进度条、付出的种种能够打动对方的程度，每个人都不尽相同。婚恋本来是个相互试探的过程，有的感情会中途夭折，你会遭受情感、金钱的双重损失。就算能顺利走到谈婚论嫁，更大的硬性经济开支在等着你入套。

一番思量下来，确实让人望而却步。避免这个局面的简单办法，就是避免恋爱的开始，没有开始就没有投入，没有投入便不会有损失发生。这种心态之下，我们会害怕恋爱，害怕结婚，甚至害怕生孩子，真的是个很正常的选择。

其实我们也知道，这种简单的换算方法，是忽略了感情往来中各种复杂的关系，把一些无法用金钱衡量的情感体验排除在外了。这种一刀切的方法，会很容易切掉我们美好事物发生的可能性。

### 3

我们真的是因为害怕支出费用而不谈恋爱吗?

并不是，三毛回答荷西的问题之所以让无数人感觉温暖，是因为我们心里清楚，遇到那个对的人，我们都会尽量调整自己的标准，来争取和对方在一起。这个对的人是怎么遇到的呢？又是怎么让我们一步步愿意走向感情缔约的婚姻?

第一，打开爱情的正确方式，是先找到一个合适的人。

社会心理学里面，爱情是需要经过四个阶段才能修成正果的，分别是取样与评估，互惠，承诺和制度化。

在爱情发生前，选择伴侣的过程中，我们总会在无意识中小心对比着我们的付出和回报，不一定全部都是物质，也包括其他的来电的感觉、性格、三观、兴趣爱好等。比如知乎网该答主就说愿意为心爱的姑娘付出自己的所有。

说穿了，我们会理智地评估一份感情值不值得我们付出，只是一个找不到理想对象的盾牌而已。

因为在这场游戏中，是没法像金融管理一样，有一个可信的第三方来交托，即我愿意交付我辛苦劳动所得，来换取你同样的付出。当对方无法触发我们愿意投入有限的成本（金钱、时间、精力、感情）的意愿的时候，我们就会选择持币观望或有保留地付出。

第二，投资爱情的方式很多，不仅仅是金钱。

进入交往阶段，我们往往会用各种各样的方式来提高亲密度，比如高频率长时间地聊天，探讨彼此的兴趣，见面一起消磨时间，等等，这在爱情里是一种互惠的原则，就像别人对我们微笑，我们也会报以微笑一样。

用爱意真诚投资爱情，用相同的价值观和契合的人格来做感情的催化剂，建立属于两个人之间的信任感，才是更加重要的投资方式。金钱的投入不可否认也有，但仅仅是占据一部分，而不应该成为遮蔽我们看到其他东西的叶子。

第三，用学习和成长的心态去看待每一段感情。

每段感情都会给我们带来新的成长，也教会我们懂得如何去选择更适合自己的人。这种无形的资产是无法通过别人的言传获得的，只有自己去感受、去体验才懂。

很多人会因为感情已经稳定，就停止投入自己的感情，这就相当于停止向一棵情感的树苗浇水施肥。就算是进入了婚姻这种新的关系模式，我们都不能抱有停止投入的心态。

投入，其实对于每个人，都是一辈子的事。

谈不起的恋爱，不过是个营销的噱头，撇开这部分不谈，当我们拿着经济学的成本概念来衡量一段美好的感情时，忽视两个人相处中更重要的东西，你会发现维系这段感情的纽带远比你想象中脆弱。

无论一段感情的成本是多少，找到一个合适的人，所有的成本都会变成最有价值的投资。如果因为这种生搬硬套错过了美好，那么付出再多也常常弥补不了内心真正的亏损感。

文章来源：【初心客厅】

## » 曾患过<br>城市情感恐惧症

### 1

宝珠请了一个星期的假回了一趟老家，回来后，大包小包的行李把她高瘦的身躯压得像只大虾，她进门喘了半天，才顺过气。

四人的宿舍只剩下我和她两个人，另外两个舍友一个去上班，一个在实习。我还在做毕业论文设计，宝珠正准备找工作。

我很好奇，她选择在这个说忙不忙、说闲也没有空的时间段里面回家所为何事?

宝珠拎出了一个黑色的大袋子给我看："就是听了你这蒙古大夫的话，我才要受这种罪的！这些药，光是闻那个味道我都要吐出来了。"我扒拉开一看就明白过来了："你早点吃早点好，别多话。"

她正在阳台上把一个塑料袋里面的盐煮干花生摊开晾晒，我走过去拿起一颗准备吃，她劈手夺了过去，拣了几颗比较小的给我，说："我们挑着这些小点的吃掉，其他的我要拿给松哥呢！"我哀号一声："你这个毫无人性的女人！重色轻友到这种地步，我这两年白对你好了！花生都不能吃个大点的。"宝珠不为所动，指着另一个小旅行袋说："你最多拿一袋鸡翅，其他我都要给他的……不准多拿，不然我揍你。"

我慢慢吃着她挑给我的小粒花生，问她："你是准备去松哥那个城市工作吗？"

"是这么想的，只是合适的工作不好找，情况还不清楚，走一步算一步吧。"

她语气里有一种我没有听过的茫然和不确定，这在我对她的认知里面是很少见到的事情，我不由得看着她低垂的眼睫毛——眼镜后面，她眼神专注地寻找那些妄图混迹在大颗花生里面的小混混。这段感情，就像她要贡献给松哥的花生一样，个头均匀，无可挑剔。

## 2

说实在话，尽管在宝珠眼里松哥不容诟病，他不但是学霸，还能够包办她这个同班同学的所有功课，经常拿到奖学金，但在我们眼里他确实没有什么出彩的地方，就是个普通的计算机系宅男，似乎一年到头只有两三套衣服，厚厚的玻璃瓶底黑框眼镜，走路眼神没有焦距，就算遇见了也只是点个头，连打个招呼都不会的那种人。

"他其实很幽默，很会讲冷笑话；从大一到现在，他眼里只有我，连生活费都放在我这里，比起那些花心男，他不知道高级多少倍好不好？你们怎么能懂他的好……"

"嘁，你自己的男人，谁要知道他的好！"

"你放心吧，没有人想要动他。"

宝珠一副睥睨众生的神情坐在上铺，我在打反恐游戏的空隙，探头看了她一眼，笑着说："让松哥请这群矫情的女人吃几次消夜，我敢保证大家全部改口。"

"打你的游戏，多嘴！"她瞪了我一眼，我哈哈大笑，转头又陷入虚拟世界里。

那时候的生活，是这样的轻松愉快，我们的烦恼仅仅是月末生活费有点不太够，或者考试不好过，实验数据不是很好，还有就是游戏打得有点烂等等这些在时间长河里面只能泛起一丁点浪花的小事情。

我们又怎么会预见，渡河的余生里面，会遇到那么多的残酷波浪，直接就能拍翻我们，带来肉眼看不到的伤，还有经年不愈的痛。

### 3

就算是最普通的一份恋情，也有别人羡慕妒忌的可能，宿舍里的小妖就对宝珠怀有一种莫名的敌意，我就曾在楼梯的拐角听到她讲电话，提起宝珠还有松哥的事。

“别看松哥看起来一副穷酸样，你不知道吧，他家里在当地可是有好几套房子呢，家境还是不错的。宝珠条件普通，长得也很一般，她就是希望毕业以后能够和他结婚，我们都知道。

“嗯，嗯，是的，你平时看宝珠一副天真的样子，说不定心里的算盘打得好呢……

“××去过松哥家，知道的啊！后来他和我说，松哥的家里人应该不会看上宝珠的，呵呵，看她老是在宿舍说松哥对她多好多好，大家都听腻了……”

虽然不道德，但亲耳听见这种言论的时候我还是有些震惊的，我悄悄地退走，去外头转了一大圈之后才回到宿舍，看着宝珠依旧没心没肺地和小妖说话的样子，担忧的并不是她们之间的友情是否只流于表面，而是小妖讲的那些会不会是真的。

后来有时候和宝珠独处的时候，我都想问问她知不知道真实情况是怎么样的，但终究还是没有问出口，因为于事无补，也因为也许那些不过是由于他人的臆想而扭曲的话语。

宝珠去了几趟那个发达的城市，找到一家内衣公司入职储备干部。她确实是来真的，准备先行一步扎根，不让毕业就分手的魔咒吞噬了她和松哥这三年多的感情。在这一点上，她确实做出了很多人做不到的牺牲。

那么多胆小鬼，有什么资格说她呢？

## 4

就职前一个月，她在宿舍里面做毕业设计，因为大部分内容都由松哥完成，她加点自己的东西就可以了，是以日子过得很是轻松，她就开始喝那些苦苦的药。

每次喝药还有吞下片剂时，她都是一副凛然就义的样子，吃完后就坐在床上拥着被子眼神呆滞，平息那种恶心反胃的感觉。药还是有效的，喝完之后，本来一年半载看心情造访她的大姨妈，就上门了。虽然她疼得奄奄一息，但心情还是不错的。

她还买了几套职业装，换了一副无框眼镜，在宿舍里面勤练化淡妆的技术，穿通勤高跟鞋走来走去地练习仪态，还让我帮她敷各种面膜。还真别说，本来普通的妹子，利用自己瘦高的身材凸显优势，再加上一段时间的着意整饬，她的容貌气质大有改进。

这是我在那个鸡汤鸡血不成气候的年代，看到的最好的励志版本，小妖偶尔回来一次遇见宝珠穿着正装的样子，错愕之后，脸上却露出了嘲讽的表情。

多大的仇呢？无缘无故的，何必又何苦？

“其实这个公司离松哥家还是有点距离，我上次去的时候特地掐过时间了，坐公交车要转两趟，一共花一个小时，以后地铁建好了，可能就会快一些。”

“松哥带你见过家长了吗？”

“还没有，这个不着急，他说他有告诉家里人……等我工作一段时间再说吧。”

“想过什么时候和他结婚吗？”

“过个两年吧。”

熄灯后的卧谈会，我和宝珠会谈一些关于未来的话题。我们也不是不知道混社会比在大学的时候难得多，但谁不想走一条顺遂如意的路，有个明确指向的目标，有一种掌握在手的踏实感？或者我们聊这种话题，不过是安抚自己一颗慌张茫然的心而已。

## 5

大四下学期是加速度进行的，某天突然拍了毕业照，某天突然被通知要集中办理手续，领到那些花了四年换来的各种证件，然后就剩下两天的时间，任你挑个时间自己滚蛋。

我和宝珠不是同系学生，各有应酬，匆匆忙忙的，连一顿便饭也没有吃就各奔东西了。她说：“我们虽然在一个宿舍，但是说话经常都是在QQ上说的，这样看来不过就是换个地方睡觉而已。那边的城市之间都是两三个小时的大巴车，记得过来看我！”

松哥依旧是站在她身边，埋头玩着手机，因为我和宝珠的关系一直特别好，他很给面子地向我点了点头。

自此，他就在我的脑海里面目模糊起来。

“所以你从来不记得他长什么样子的，是吗？”宝珠喝着罗宋汤问我。

“是的。”我老老实实地点头，打开了面包海鲜汤的盖子，这是我和她分开两年后第一次重聚，在一个相对高级的餐厅里吃晚餐。

宝珠已经没有了原来的青涩和不自然，现在的她，是这座城市里面一所国有银行的三级行政管理人员，比普通的柜台工作人员要高几个档，让人好生羡慕。

“我在那家内衣公司做了一段时间之后，已经外派到分店了，后来给你寄的高级睡衣就是那个时候拿的。和松哥也差不多是在那个时候分开的，是他自己要放弃的。”宝珠捏着圆面包，幽幽地述说，“我知道他是因为什么和我分手的，刚好那时候我叔叔向我推荐，说银行这边有个参加竞聘的机会，专业刚好对口。后来我通过了考试，而且又有保荐人，就做到了现在。”

## 6

宝珠的身体当时没有调理好，而且还更加严重了，每个月都要去医院报到，医生的态度让她一度有些绝望，以为自己这辈子孕育的希望渺茫。

新工作非常繁忙，反过来又影响了她的身体，以至于身体状况进入了一个恶性循环。松哥的公司离她公司有七八个公交车站的距离，她调理身体的那段时间，是他细心地照顾着她，直到她的身体开始好转，那段时间他们还像在大学里面一样好。

可是松哥越来越沉默，沉默到宝珠再没心没肺都看出来不正常的程度，女人的直觉有时候约等于真相，但是她不动声色，她在等待他的决定。

“他在大学四年里面照顾我那么多，我不想他一直为难。他是家里的独子，很多事情不能任性吧，如果家里反对，他还是会听家里的……但我在赌，也在等他愿意带我去他家的时候。”

我抬起头，看着她漠然的脸上眼眶突然红了的样子：“可是他一直什么都没有说，直到有一天，我们在周末散步的时候，他说……他说……”

松哥突然停了下来，宝珠一副恍然未觉的样子，慢慢踱步向前。

“我的收入不是很高，我们两个人，买不起房子……而且，同学让我去深圳那边看看，那边机会更多，待遇也高一些……将来也不好说。”终于，他还是说出来了。

时间空间仿佛在这一刻停滞，树上的落叶都慢了几拍才掉到地上，呼吸间，她听到自己迟钝的心跳声，就像久被囚禁的犯人终于听到死刑的判决，反而安心了。

“哦，那我们还是分手吧。”宝珠漫不经心地说，然后停了下来，转过头，捕捉到他脸上的如释重负。

## 7

面对曾经恨不得将心都掏出来的恋人，这一刻，宝珠却有些瞧不起了。

她瞧不起他已经要分手了，却等她来开口；

她瞧不起他不敢为自己的情感争取哪怕一点点的可能；

她瞧不起他要留下她独自一个人在这个城市的狠心；

她瞧不起他几年的感情这样轻易就放手；

……

但再多的瞧不起她也没有说出口，本来几乎是话痨的她，那段时间变得特别沉默。刚好叔叔让她去参加银行的招考，她索性辞掉了内衣公司主管的工作，认真准备了一个多月，毫无悬念地拿到了第一名，进入了银行系统。

工作几个月后，也就是他们分手半年后，她思虑了很久，还是决定去找找他，虽然她知道，其实他一直没有离开这个城市去深圳工作。

那毕竟只是一个借口，谁不明白，但又有谁在乎。如果说以前的筹码不够，现在的她应该可以了吧？如果可以重新来过，她可以既往不咎，依旧对他掏心掏肺。

然而宝珠很快又失望了，她试探着问松哥，如果她的工作体面了，他们还能够重新开始吗？

松哥还是沉默，等到她开始流泪求他给自己一个痛快答案的时候，他终于艰难地说：“我爸妈知道了你身体的问题，我也不知道他们是从哪里听到的，所以……很抱歉。”

他终于承认了他退缩的原因，然而这能够怪谁呢？

## 8

这个城市，宝珠为了爱的人而来，却不能因为他离开。

照旧是日出日落的风景，但不再带有期待的气息，当然，也不再有等待的焦灼。

她是个很踏实的人，工作做得也很出色，慢慢地就升职了；她学会了谨言慎行，后来也知悉了当时是小妖透露她身体的问题的。

但又能如何呢？她知道的时候，听说他已经开始准备结婚了。

班级的QQ群里逐渐有人晒结婚照，逢年过节开始不停地扔红色炸弹……直到她看到松哥结婚，又看到他晒出自己双胞胎儿子的照片，群里呼应的人不多，大家都很有默契地选择不说话。

四五十个同学目睹了这场爱情的所有经过和无疾而终，他们只会在私下交头接耳，而不会真有人傻到去打抱不平。当年的松哥勇敢地站出来，为挨老师批评的宝珠解围，可如今这个人已经是别人的丈夫、别人孩子的爸爸。

尤为讽刺的是，宝珠在三年前经家里人介绍，相亲特别成功，和一那位憨厚呆萌的技术工程师先生结婚了，并于两年前生下了一对龙凤胎。

## » 时光碾碎的，不仅是乍见之欢

### 1

粉果慢慢地睁开了眼睛，像猫咪一样侧身又弓起身子，再摊开身子，浑身发颤地尽力伸了一个懒腰，然后闭上眼睛，放空了自己的脑袋。

外面属于村子的声音不绝于耳——狗狗的爪子敲在水泥地上的声音，小贩叫卖的声音，不时呼啸而过的摩托车，前屋后舍主妇的说笑，卧室外面老妈看电视的声音，还有邻居家到点吃不到鱼的猫在催饭。

嘈杂，但奇异地令人安心，所以昨晚她一头栽下，一夜无梦地睡到了这个点，摸起手机一看已经九点十五分。

手机里有几条未读的消息，其中就有蒋明琛发来的：什么时候回。没有标点符号，没有更多的前言后语。粉果看一下时间，是昨晚十一点多发的信息，那个点儿她早就睡着了。

她把手机一扔，用空调被把自己裹成一条肉虫，在床上滚来滚去。门外的阿赤听到她起床的动静，开始挠门，呜呜呜地叫，又汪了一声。她老妈听到动静后喊了一声："起床啦！今天外面还是晒，要进城里玩就喊你哥开车过来接你。"她闷闷地回答了一声。

这样的日子自己以前怎么就不知道好好珍惜，待在家里多享受些照顾和慢时光，怎么都比回到人人都匆忙如蝼蚁的城市好。村子里的时光犹如慢动作的胶片，放映着十年如一日的电影，什么时间你回来观看，村子都是它自己的节奏，不紧不慢的。

## 2

想起来回复蒋明琛的消息时已经是下午四点多，她正歪在车后座上玩手机，再一次看到了信息，顺手就回了一句："10月8号，不和人家挤。"

她实在不想和他说话，回家前两个人又吵了一架，粉果毫不犹豫地买了一张机票就飞回了广东的老家。

吵架的内容其实都雷同，无非就是鸡毛蒜皮的小事。为了降低生活成本，两个人在两年前就同居了。但不知道是不是太过于熟悉对方，还是自己早就已经厌倦了这种朝夕无波的日子，粉果有些烦躁了。

粉果觉得当自己开始思考把一段关系拆开的成本的时候，只能证明这段感情已经所剩无几。

在这个节骨眼上，蒋明琛却提出结婚，想早点生孩子。如果她同意的话，过年就和他回一趟湖南的老家，他父母那边已经催过几回了，说他们的年龄也老大不小了，不要总顾着眼下的快活，要多想想未来。

粉果当时在擦着润手霜，靠在躺椅上，一边细细摩挲着自己修长细嫩的葱指，一边冷冷地问："结什么婚？做什么要生小孩？又不是去菜市场买棵大白菜。"

"你几个意思？"蒋明琛一直看不惯她那种冷嘲的态度，忍了几下没忍下来，还是把鼠标一拍，怒道。

“没意思，我还没有想好。”她拧上了护手霜的盖子，往床头柜上一扔。

“都多久了还没想好？拖着又有什么不同？”

“结婚又有什么不同？结婚和没结婚如果毫无改变，为什么要结婚？”

“你这样说是不想跟我结婚了？那行。”

“别瞎扣大帽子推卸责任给别人！”

两人不欢而散，各回各家，各找各妈。

## 3

粉果回到家里，阿赤屁颠屁颠地迎了过来，疯狂地摇头摆尾，舔着她的手，用高低不同语调各异的哼唧声表示：你很久没有回家了，我想你了，多摸摸我多摸摸我！

她从包里掏出一包狗骨结，扔了一根给它，又掏出一个狗玩具，阿赤激动得汪汪叫。粉果拧着它丰厚有弹性的耳朵，又把它的脸挤成猪八戒的样子，玩得不亦乐乎。一抬头，发现自家老妈正盯着自己看，看得她浑身都起了鸡皮疙瘩。

“妈，过年我会多给你包一千块的。”粉果朝老妈抬了抬下巴，表示自己会尽孝。

“我自己钱多得是！”老妈是退休教师，积年之余确实远比粉果的丰厚，看来今天是一副不谈成事不善罢甘休的样子。粉果垂头丧气地搬了个板凳坐到老妈的脚边，狗腿地说：“妈，我这不是好好的吗？”

知母莫若女，粉果知道母后大人这是准备逼婚了：“你还是和那个姓蒋的小伙子在一起吗？他是个什么说法？你们准备什么时候结婚？你知道那谁谁谁吗？你上大学的时候她就生孩子了！你现在都毕业四五年了，人家孩子都要上初中了，你连婚都没有结，还能生吗你？”

“知道知道……是是是……对对对……没错没错……明白明白……好好好……”

“对方的家庭条件我听你说过，也还过得去，你们在一起这么长时间也知根知底了，抓紧时间把事情办了吧。如果不想和他结婚，你就老老实实地回来相亲，趁你还没有老得没人看，嫁个好人家当阿奶。”

“我不要！”想想本地动辄就是两个小孩起步的风俗，她这一辈子就约等于老妈子般的全职妈妈生活，当然斩钉截铁地拒绝了。

## 4

飞机准备降落，落地的一刹那轰隆隆地急急向前冲去，羽翼的阻风板打开，滑行的速度慢了下来。

机舱里面的开机大赛开始了，有的人开始打电话，有的人起身收拾行李，空姐让大家不要急着起身……粉果歪头看着窗外像候鸟一样排列的客机，发现落地的那一刻，那种放松的心情又回来了，她还是喜欢这里，喜欢这里这种自由自在的气息。

手机发出各种通知的声响，蒋明琛的信息混杂在各式的通知中：“下飞机了给我打个电话，我已经在出口等你了。”

真是难得，粉果心下还是有点触动的。她终于起身，几乎是最后一个走出客机。她没有什么行李，经过洗手间的时候还进去照了照镜子，把自己整理一番。

镜子里27岁的粉果，眉眼已经长开，清秀白皙的脸庞上略带着点桀骜不驯。因为是假期，T恤牛仔裤打扮的她，看起来也和大学生差不多。

年龄其实是具有欺骗性的，而年龄又是真实存在的，不得不说女人的身体远远比男人更快地走下坡路，这是她老妈经常对她耳提面命的事，为的还是希望她能够早点生个孩子。每当想到这个事情粉果就头大，哪个做女人的心里都清楚，可是想到一旦生了孩子，几乎就被绑定了的一辈子，她不禁又打了个寒战。

自己到底是不愿意和他生个孩子的吧？所以结婚是个伪命题。

## 5

“我们去外面吃个饭吧。”今天的蒋明琛似乎也有话想说，粉果看着穿着灰蓝色衬衣的他，顺从地点点头。

她几乎要忘记了，三年多前在写字楼下面的星巴克，穿着灰色衬衣黑色西裤的他，在窗边边工作边打电话的样子，是如何惊艳了自己。一语不发的时候，他那紧抿的嘴角，激起了她去征服、亲吻的冲动。

蒋明琛几乎也是同时想起了那个略带羞涩的、扎着简单短马尾的姑娘粉果偷偷看了自己一段时间。为什么在一起这么长时间了，她反而嫌弃起自己？她其实有点懒，还有点不求上进，一开始的可爱在后来变成了有点厌烦，而抬杠功力却日渐深厚，早就不是当初那个满眼满心都是他的姑娘了。

“我知道你在想什么。”粉果转头看了他一眼，认真地说，“当初的好姑娘怎么就变成了令人厌烦的蚊子血。”

“不抬杠了，不嫌累啊？多花点心思想想怎么提升自己不是更好。”

“我觉得自己已经很好了，不劳大爷您费心了。”

“也是为你好，替你打算，不要总是一说你就跟刺猬似的。”

“我真厌烦你这副动不动就上纲上线的样子，你又不是我上司，更不是我老爹，你是我男朋友。”

蒋明琛闭嘴了，再说下去，粉果当场摔行李都有可能，到时候别说一起吃顿饭了，今晚他也不会有好果子吃。

## 6

“说吧，你老妈又给了你什么任务？”粉果把碗一推，端起杯子一边喝水一边盯着蒋明琛看粉果，那种防备和不信任的眼神，让蒋明琛心里又慢慢起火，但毕竟一起生活了这么久，对方的性子是怎么样的，大家心里再清楚不过，如果继续争执无谓的事情，接下来的话就不用说了。

“年末结婚吧，我都三十一岁了，你年龄也不小了，我们别浪费时间了，也没有必要再拖了。”他说话从来都是这么直接。

为什么结婚？年龄到了；

为什么生小孩？年龄到了；

为什么不和我分手去另外找人？嫌烦，还不是一样。

这些对话的模式，粉果和蒋明琛都烂熟于心，奇怪的是，他们从来没有想过改变一下，或者说，谁服软一下，换个说话的方式、换个说话的态度，甚至换个说话的语气都可以，但就是没有。

粉果低下头看着自己的手指，她不知道该怎么向蒋明琛描述自己心中的憋屈。

她不是不想结婚，也不是不想要孩子，更不是不想要从此归于平稳的生活；

她不想要的，是他这种完成任务式的求婚；

她不想要的，是他对她日渐消失的温柔和爱意；

她不想要的，是和他结婚以后，可能依旧如同死水一样的生活；

她更不想要的，是他们两个人之间的关系，以后需要靠一个小生命来维系；

她更不想要的，是以后自己要活在只有孩子，却没有丈夫疼爱和怜惜的生活中。

但是开口要爱，这本来就荒唐，不开口要爱，她又不知道自己究竟在害怕什么。

## 7

终究还是不够爱吗？可是当初那种遇见他的欢喜，明明还犹如昨日偶遇。时光究竟是个什么样的怪兽，能够把两个原本心怀喜悦的人，变成了相看两相厌的熟人？

放弃眼前这个人，再去这么大的城市里面寻找另一个人，再遭遇一场心动，再一起磨过几年的光阴，谁知道结果还是不是这个样子？可你又怎么知道，下一秒你会不会遇见另外一个让你百看不厌无条件包容的人？

粉果踌躇着，看着蒋明琛已经疲惫又不耐烦的脸，似乎只要她点头，就能够把所有的问题一并解决；如果她摇头，那么所有的错都在她。

两个人的难，为什么要她一个人独自承担？

她知道并不是这样子的，起码不应该是让她承受这样的心理压力的。突然之间，她定定地看着蒋明琛，视线开始模糊起来，有小虫子，不断地爬过她的脸颊。

# 逝去的爱，路过的风

## 1

已经喝得晕晕乎乎的游游，死死地搂着前男友林立，不肯放开。她轻轻倚靠在他的肩膀上，感受着他的体温，贪婪地享受着一丝陌生而又熟悉的温暖。

这是游游和林立分手的第一个月，尽管游游死活不同意，想尽了各种办法挽留，可是林立坚决得要命，他们最终还是分开了。

今天是毕业之后的第一次同学聚会，来的基本上都是关系不错的朋友和同学，看样子，同学还不知道他们已经分手了，仍嘻嘻哈哈地开着他们的玩笑。游游赌林立不会在同学聚会上公开这件事情，于是肆无忌惮地坐在他旁边，紧紧地依偎着他，仿佛他们从来没有分开过。

一想到身旁的这个人，以前对她百依百顺、疼她宠她、发誓要一生对她好的人，从此以后就是路人了，想到以后他的生命跟她没有半点关系，游游心里就堵得慌，难受得要死。

游游悄悄地将杯子里的椰汁喝掉，然后换上了酒，听着那些男同学大声地说着天南海北的事，说着未来的打算，她看了看身旁的那个人，然后默默地将自己杯子里的酒，一杯又一杯地喝完。

听说杯酒解千愁，可是如果心里实在难过、实在不舍，酒能解愁吗?

## 2

如果说恋爱中的人智商为零，那么，失恋的人，智商就是负的。

游游没有喝多，因为她能意识到自己的头脑还是清醒的，大脑也还是可以支配自己的行动，可是，她就是不想说话，也不想动、不想走，就想趴在林立身上，直到大家散场，她的身体都没有跟林立有半点分离。

空荡荡的大马路上，昏黄的路灯下，其他同学都走了，就剩下她跟林立两个人，她就那么倚靠在林立身上，不说话，也不起来。

她装作没有听到林立问她是否送她回去的问话，又听到他叹了一口气，然后扶着踉踉跄跄的她走到学校附近的一个小旅馆。

游游知道这家小旅馆，以前上学的时候，他们经常从这边路过。当时她没怎么留意，但是却没想到，毕业后的他们，竟然会来到这里。

小旅馆楼上是一家网吧，隔着一层楼都能闻到网吧里的那股味，以及重重的烟味，门外不知道谁在大吵大闹，隔壁房间隐约传来一些乱七八糟的声音。

林立将游游放在床上，然后打水给她擦脸，游游突然伸出手拉住了他，装作一副不省人事的样子，嘴里还喃喃地反复低求：林立，我们不要分开好不好，不要分开，我不想和你分开啊。

但是他并不回话，模模糊糊中没有看到他的表情，这越发让游游心焦，酒醉放大了这种心焦，也让她突然一根筋地觉得，只要付出自己，就能挽回他。

女孩子只要愿意诱惑，有几个男的能把持得住呢？

更何况，是自己没得手又不解风情的前女友。

## 3

早上醒来的时候，林立还在酣睡，看着床单上的一抹红色，游游有点羞愧又难掩开心地笑了笑，然后贴心地给林立掖好被子，悄悄地收拾了自己东西回家了，避开这一时的尴尬，希望能够在家里等到他的消息。

她想着，她把她最珍贵的第一次给了他；

她想着，他还是会念及她的好；

她想着，他们以前还是很相爱的；

她想着，他曾对她说过那么多次的我爱你；

她想着：他们会重归于好的……

然而，她在家里等了一天，两天，一个星期，十天……都没有等到对方的电话。她查了查自己的手机没有欠费，也查了查对方的手机也很正常，家里的无线也正常，可是，林立就是没有联系她。

她到后来才知道的：一个人要是不爱你了，你说话、你吃饭、你喝水、你沉默，通通都是错的。不爱了，就是不爱了。

即使你用了自己最珍贵的第一次，依然留不住对方的心。

那一晚的温存，即使那一刻，对方跟你很契合，你们也很愉快，可是那并不能成为你挽留一个心已经不在你身上的人的资本。

即使你们曾经爱过，即使你们有了事实，可是，逝去的爱，就像路过的风一样，谁也留不住。

## » 世间任何情感，都敌不过胖子先生的岁月悠长

### *1*

弟弟李清推着的轮椅上的李澄，慢慢穿过医院大门来到她面前的时候，桃桃自认已经坚固的心理建设还是没能撑住，她忍不住尖叫出声。

“你真的是神经病啊！！！”

李澄虚弱一笑：“那现在能做回我女朋友了吗？我们以后能结婚了吧？”

桃桃看了一眼他弟弟李清难看至极的脸，深吸一口气，转过身，加速跑掉了。李清在后面喊了几句什么，呼呼的风声从耳边掠过，没能留住桃桃。

“你几个意思，我哥都这样了，你就不能等他恢复了再拒绝他吗？”李清的电话在半个小时候后追了过来，桃桃正在冷饮店喝着冰水，吃着冰淇淋，铃声响了几遍之后，她才哆哆嗦嗦地按下接听键。

“疯子，我本来就不喜欢他，是个成年人就能明白我那只是个借口，我怎么知道他就真的去做这种手术啊！”

“他情绪不稳定，对恢复不利，要不是你开这个口，他也不会

去干这种傻事，你多少都有责任。”李清实在不算是个不通情理的人，桃桃心里清楚，但这个责任实在太大，以至于她都不敢再去想当时她为了拒绝他哥随口撂下的玩笑——“哎呀，可惜你就是矮了点啊，我喜欢高点儿的男人，所以我们不太有可能啦。”

李澄在一个月后就去做了断骨增高手术。

## 2

什么叫把“你不喜欢我什么，我改”发挥到极致，应该就是这种了。比起割掉耳朵送人的梵高，这悲壮的行为艺术，让桃桃觉得自己犹如二次元、脑残小说里面的女主角，被霸道总裁用了异于常人脑回路的方式求爱，有点不真实，又带着实际生活里面的惊吓，惊吓里面又带了那么一丝丝窃喜，以及小小的傲娇。

这种不是寻常就能发生的故事情节，直接秒杀掉了一大批姑娘曾有的被追求的普通范本，也秒杀掉了过往所有男人的求爱方式。李澄倒是以这种方式，混合各种情绪和色彩，将自己刻录进了桃桃的生命碟片里面，再也抹不去，比婚纱照的生命周期都要来得长久。

它可以在深夜自动播放，播放在每个桃桃与老公不愉快的时期里头，还能播放在闺密中，播放在向儿女炫耀想当年的时候，播放到老了恍惚自己还青春年少的午夜梦回里。

李清恨得牙痒痒，却又无可奈何自己的兄长，只好实施怀柔政策，动员桃桃多来探望自己的哥哥。但桃桃心里清楚，他还是带着点不切实际的幻想，希望自己看在李澄付出的分儿上来些被感动，就此从了他哥。

“那怎么可能！”讲到这个段落，桃桃露出一本正经的表情，“如果我真的和他谈恋爱，最后还是分手了，他割腕跳楼了，他们家里人不砍死我？都怪我？我担待不起，敬谢不敏！”

## 3

桃桃是个爽朗活泼的姑娘，电子产品外企的销售主管，论起容貌身材，虽只能算中人之姿，但个人行事有魄力，讲起话精准干练又附加精彩戏剧效果，走起路来一蹦三跳自带风声，一个人就是公司里的台柱子，常年的晚会主持和舞蹈节目成员，风姿绰约，有趣至极。

姑娘一有趣，就不愁没有追求者。男人遇到合适对象的时候，通常的想法都比较长远。比起那些芸芸众生中模糊又毫无差别的性格、面孔，桃桃能文能舞，独立又有才情，乃不可多得的良伴佳人。

李澄不但文质彬彬，而且家庭条件出众，他在某展会上见到了桃桃，一见钟情。

可这一见钟情之后，未必就能两情相悦，如若是皆大欢喜的结局，日后讲起来满满的都是浪漫，可如果是一地散乱的萎靡，回忆起来就会是满满的苦涩难当。

而现在还不止苦涩，连开始的机会都被李澄用这个极端的求爱方式，活活地掐死在了襁褓中。

冤枉吗？未必。

## 4

李清乍见桃桃的时候，心里满满的都是厌恶，先入为主的观念让他意淫出一个有心机、想牢牢把控自己兄长的腹黑女人。

然而桃桃在后面的几次探望中让他打了自己的脸，这不是虚构的爱情小说，这只是现实生活里面，一个头脑清醒，对自己的伴侣有明确指向，坦荡得让他自己都有点不好意思的姑娘，像太阳光一样的好姑娘。

李澄每次都安静地看着和自己弟弟聊天的桃桃，他知道自己一出院，桃桃应该就会从此消失在他的生命里面，成为别人的妻。也许是情绪起伏太大，又经历了痛苦的手术，漫长的恢复期间，在家里人安排的心理医生的指导下，他反倒坦诚面对起自己的极端来。

桃桃可能是上天派来治愈他的天使，给了他这个转变的契机。他目光温柔平和，如夕阳的光线落在桃桃讲什么都眉飞色舞的脸上，泛起半酸半伤的涟漪。

## 5

“喂，桃桃吗？好久没有和你联系了，最近怎么样？”手机屏幕上是陌生的号码，听筒里传来的却是让人难忘的声音。

“呃……李澄啊？”桃桃握着手机，看了一眼对面正在埋头狼吞虎咽的男朋友。听到她说出口的姓名，男友猛地抬起来头，像嗅觉灵敏的猎犬，伸出爪子示意桃桃把手机给他。

“这位先生，桃桃现在是我的女朋友，她非常好，以后就不劳你惦记了。”然后利索地挂机，抬起下巴，看着桃桃对他小小地鼓掌，再比出点赞的手势，他意气风发，继续埋头风卷残云。

这是桃桃最后一次接到李澄的电话，有句话说得好，不给希望，才是最大的善良，即使这个善良看起来颇为残忍。

桃桃最后嫁给了这位热爱美食、热爱厨房、身材逐渐壮硕的胖子先生，过着寻常的老百姓生活。几年后珍珠变成了鱼眼珠子，工作和生育也把桃桃变成了最普通的职业妇女，再也泛不出耀眼的光芒，因为曾经的优秀出众已经被婚姻私藏，而当初的棱角也已经被细碎的生活持续打磨得光滑。

日子是这样的，过了那段可肆意挑选对象的巅峰岁月后，落地的仙女本来也是普通人。

很久以后，李清给她发过一张自己哥哥的婚纱照，李澄和娇艳美丽的新娘登对无比。

## » 烫人的烟火，收拢不入怀

### *1*

“这个事情我们明天再弄，你去找……”话说到一半，我停住了。

走出学生活动中心，我和部门里面几个师弟师妹正准备去饭堂吃消夜，通向饭堂的主干道旁边，路灯下有些黑的灌木丛里，有个人正抱着头在那里哭。

我强烈感觉到自己认识这个人，仔细一看，她背的书包上有个大大的公仔，我立马确认这是叶佑佑。我挥手示意他们先走，然后努力挤进灌木丛里面，一把拉起她。她抬起满是泪水的脸，看到是我，无声无息地抱住了我，把头埋在我的肩上。

在我们一众平民眼里的天之骄女叶佑佑，几乎是悲伤的绝缘体，怎么会在这样的地方独自流泪？我强烈预感这和她的男朋友沈童有关。

倒不是因为我心理阴暗，喜欢看星星一样的人物掉落地上摔了一身泥巴。佑佑是一个强悍又很可爱的女生，在女汉子一样的我眼里，是需要呵护和爱惜的。谁敢动她，我在社团里面的“政敌”都会捋起袖子和我一起揍人，她个人魅力之大，几乎是人就抵挡不了。

她又哭了一会儿之后，擦擦眼泪："沈童要和我分手，我不知道该怎么办……"一听完，我庆幸的是现在时值深秋，在灌木丛里穿着长衣长裤的我们没有被蚊子叮死，然后暗中翻了个白眼。

## 2

这是常事，不是第一次听到，只是我不小心撞到她又一次被分手的现场而已。

沈童我也认识，不过是点头之交，很久之前一起做过社团干部培训。他是个很有魄力的男生，也是个霸气侧漏的系学生会主席，人还长得特别帅气，从硬件上来说确实是一个优秀耀眼的男朋友。

佑佑不但和他在同一个班，还是系里的学生会副主席，同时也是我们学校社团的主席团成员。这个工作能力强的女孩子在感情上却弱势得让人无语，从大一开始到现在大三下学期了，她都被牢牢地掌控在沈童的手里，一开始我们还为她抱不平，后来觉得一物降一物，也就习以为常了。

毕竟这是你情我愿的事情，旁人不好经常出头，我们把她男朋友痛骂一通之后，一转身他们又和好了，做中间人的难免会尴尬，而且佑佑被分手的理由也五花八门，让人啼笑皆非：

衣服领子低了，你是不是想勾搭别人？你心里还有没有我这个男朋友？

又出去做外联了，整天和你在一起的那几个男生，对你有意思吧？招那么多男干事做什么？

让你不要在外面太卖力，好好回自己系里做不好？你这是眼看我在这边单打独斗啊。

甚至他心情突然不爽了，也可以说："叶佑佑你真是烦，能不能有点儿自己的想法，整天黏着我干什么？我们还是分开一段时间吧，冷静一下。”

三年的恋爱里面，他们估计分手不下十次吧，最后大家也都习惯了。因为我们都知道，只要沈童呼唤一声，叶佑佑马上就会奋不顾身地又跑到他面前。

## 3

某次外出和商家谈合作的时候，我曾在坐车的空闲时间里面问过她为何不离开沈童，以她的追求者质量之高，能够提供的感情厚度，应该都不会比他差。

“他呀……”佑佑瞄了我一眼，笑出了可爱的虎牙，眼神清澈而神往，就像他站在眼前，“你们不是很了解他，他只是看起来很强悍，其实很脆弱。因为在家里排行老大，下面有弟弟和妹妹，他做榜样是很应该的。还有啊，他的家庭条件比较普通，所以他必须更加努力，只是有时候太累了，所以才和我撒撒气，没什么的。”

“那他的条件和你还是差得很远啊。”据我所知，叶佑佑的爸爸是本市某局局长，妈妈是银行的管理层，她是独生女，不管是本家还是姥姥家家族背景都很深厚。自打出生她就是泡在蜜罐里面长大的，也许正因如此，才养成了她纯净又善良的完美人格，人见人爱花见花开。

“出身又不是我能选的啊，一开始不知道我背景的时候，我们两个人可好了，后来沈童知道我的背景后还向我提出了分手，免得被人误会是为了高攀。所以他可能是因为自卑吧，我都懂的。等到他有了自己的成就就不会这么想了，我们之间就扯平啦！”

当年我不过是个傻蛋，听完之后觉得好有道理，点了点头。佑佑看到我赞同她的意见，又压低声音向我透露了一件事。

“我爸其实和他见过面了，他很喜欢沈童呢！”

“嚯！”

“嘘嘘嘘！不要激动，还有年把我们就毕业了，毕业前我们都会参加公务员招考，依我们的能力，肯定是十拿九稳的事，到时候我爸也就不会再有什么心结了。蔡，你知道吗，我爸可喜欢他了。”

我高兴地搂住她，用力晃了晃：“你这只幸福的小猪猪！”

## 4

有人说过，你以为同学和你是在同一个起跑线上，其实不过是学校把不同阶层等级的人聚集在一起，毕业便是分水岭。你是向上走，还是回到原来的阶层，五年之内就能见分晓。

毕业临近，找工作做毕业论文忙得像个陀螺，我已经不在社团做事，见到佑佑的次数很少。偶尔到另一个教学区上课的时候，路上会遇见她，还是一副笑得很干净又可爱的样子。

说不羡慕她那是假的，为了谋求一个公立高中教师的职位，我必须要和五个人竞争，面试，试讲，往返城市之间，还需要忐忑不安地等待最后的结果，而她，只需潜心准备国考便好。相信这种考试对她来说也是毫无难度的。人与人之间的距离，有时候大到你连去嫉妒都会觉得自己好笑。

后来我成了一个苦哈哈的小老师，偶尔还是在QQ上和她有联系，得知国考她和沈童双双录取，而且沈童还拿下了本市笔试面试双料第一名，综合实力之强悍无人匹敌。

说到这里她失落地打出了一行字：“可是我得先到另一个城市挂职锻炼，起码要一两年才能回来本市，这样我就要和他异地一段时间了啊。”

但是很快她又欢喜起来：“他是录取到警局里面的，入职训练听说很封闭，这个我倒不是很担心。我爸爸也说了，年轻人要多磨练。毕业后的好多事，比我们在学校时可难多了，我现在才知道。”

“是啊，好多事都不容易呢。”我发了一个难过的表情。

## 5

生活就是这么一个东西，当你春风得意的时候，也许会被它一巴掌从马背上扫落，摔得小命难保。

但这是我在毕业十年后，看过太多的故事和事故后的说法了。当自己还是小年轻的时候，我能想象的最大的生活变故不过是工资不够用、谁和谁合不来分了手而已。可是一年多后，我在无意中看到叶佑佑的空间日记，不由自主地浑身哆嗦着，控制不住眼泪，用了一个多小时才看完。

她爸爸去世了，肝癌晚期。

检查结果出来的时候她一夜之间长大了，因为她要战斗，她必须战斗。

她一点一滴地记录着小时候爸爸给她的爱：出差给她带的连环画、生病的时候喂她吃橘子罐头、骑着单车载她上补习班、给她讲的一个个哲理故事、生气的时候对她的训导……

她说，因为爸爸以后很长时间都不会再陪着她了，所以她需要记录下来，如果爸爸在，那就不需要这些回忆了。臭爸爸，坏爸爸，你不爱自己的宝宝了，留下她母女俩，真是不负责任的男人。

她在省城大医院里面像个机器人一样来回奔波，妈妈的身体本来就不好，已经倒下了，她不能再让妈妈熬；爷爷奶奶暂时没有告知；姥姥岁数也大了，更不能让老人家承受这样的打击。

为了让专家给爸爸会诊，拿出更好的治疗方案，她哭着求过主治医生，甚至在医院里给一些专家下跪过。时间跑得太快了，为了和时间争夺爸爸，她可以什么都不要，只求奇迹出现，把那个一心一意爱着自己老婆女儿的普通男人还给她。

## 6

我看到这篇日志的时候，时间已经过去半年了。看过日志的人很多，下面的留言也有几百条。她表示感谢大家的关心和安慰，因为不能和每个人讲述一遍，为了回应大家，她把经过写了出来，算是一个交代。

佑佑就是这么善良纯净的人，那个夜晚我在她的空间留言板上写写删删，最后还是不知道说什么好。

我和她虽然没有好到穿一条裤子，但在当时我没能帮到她或是给予她一份精神支持，这让我感觉很惭愧。如果事后再去打扰，难免又翻起她的伤，除了平添她的负担，什么都帮不到她。

我觉得自己不配做她的朋友，看到留言的人那么多，而我却什么都不知道。我最后只留下了几个心碎和哭泣的表情，聊表歉意和哀思。也许她不会注意到我，也许她会注意到，我想她能懂。

很快，她秒回了我几个拥抱的表情，然后QQ头像就跳动了。

“蔡，不用担心啦，我现在好很多了。”

“我……真是对不起……”

“说什么话呢，每个人都有自己的生活。”

“那……你现在怎么样？”

“刚刚才调回本市工作，挺忙的，重新开始工作，事情比较多。”

“替我向伯母问好，你也注意下自己的身体，好吗？”

“知道啦！”

她发来了一个亲吻的表情，被安慰的人反而是我。我想，这就是很多人爱她的原因。

## 7

后来我隔段时间就会去看看她的空间，看看她记录的生活小琐碎，还有越发成熟漂亮的样子。时光真的是一把好手，它让你的青涩褪去，再加上一些服饰和发型的改变，你会发现，短短几年间，单纯可爱的小姑娘就可以变成一个成熟干练的职业女性。

叶佑佑长得很像她妈妈，我见过她妈妈，是一个很温柔娴静的女人，慢声细语地说着话，能让你感到身心放松。

她们在一起的合照，从肢体语言和表情，就能看得出佑佑已经隐隐有大将之风，已经可以独当一面，显然，爸爸的离去，让她迅速成了家里的主心骨。她的眉眼间已经没有了当初那种不知世事的懵懂，变得坚定，但她的笑容纯净依旧。

直到她发了一组婚纱照，我才后知后觉地发现，新郎并不是我熟悉的面孔，而且她对新郎的昵称，更不是我原来熟知的名字。

我虽然不是个合格的朋友，但还算是个靠谱的人，我之所以没有去挖掘这段故事，因为用脚指头想想都清楚：不合适；用脑子想一想，不管为什么最后是这样的结局，对于曾经的佑佑来说，都是个锥心的经历。

看她依偎着先生的样子，脸上那种幸福的光芒远胜最好的化妆品。

我再仔细研究了一下那位幸运儿，原来他是一名军官，五官虽然普通，但是看得出来性格沉稳。竟然能够折服我们的叶佑佑，肯定不是一般的战士。

## 8

佑佑说，她进了一间大大的糖果店，因为实在太开心了，结果后退的时候，不小心压断了三根大型的进口棒棒糖，肉疼地牺牲了两张红票子，但是先生说，可以再多压断几根，这样再掏出毛爷爷的时候就没有那么心疼了。

佑佑说，今年过年到了先生家，是有史以来收红包收到手软的日子，每个见到她的人都会把她的口袋塞满。

她好像又回到了大学时光，那种喜欢收集生活中的小确幸，总是元气满满的状态，或者说，她遇到了那个能让她重启、恢复出厂设置的人。她已经成长为升级版本的自己，这样的情况，让我很是放心。

至于没有陪着她走到最后的那个人，他应该曾是她生命中耀眼的花火，灿烂过她的天空，照亮过她的岁月，只是始终无法成为她怀中妥帖无比的抱枕，在每个需要的时刻，拥入怀中。

无须遗憾。

## » 我在那一角落 曾患过伤风

*1*

手机闹钟嘀嘀嘀地响起在昏暗的卧室里，小酿闭着眼睛伸出手探到床头柜上把闹钟按灭，几百万个不愿意起床。入冬了，天气冷，她格外眷恋暖暖的被窝。

她想起部门女魔头那张谁都欠了她一张六合彩头奖的脸，再想到改不完的PPT，还有办公桌对面那个已经空荡荡的格子间，无人陪伴的早午餐时间，QQ上那个已经变成灰色的头像……

这一场喧嚣过后的一地狼藉，只留她一人独自慢慢收拾打扫，小酿只觉自己的所有感知都被这初冬干燥又寒凉的北风撕碎了，无力地随着心情的波纹慢慢在空旷的场地上翻滚。

不想扫，不愿意扫，她就这么坐在空荡荡的场地座位上，目睹自己一场场的心事角逐到荼蘼委地花事开尽。

索性又把被子蒙过了头顶，今天再任性一次，再睡多一会儿，迟到就迟到，也许今天就没有那么难熬了。

知己一人去，忽觉满城空。

## 2

时间倒退到一周前，小酿的生日。

这一天与昨天明天都不会有任何差别，从进了办公室她就知道晚上起码又要加班到八九点，预订的蛋糕最迟在九点半要去取，不然店家打烊了就不帮她保存了。

坐到位子上的时候，她又习惯性地望了一眼对面已经空了三天的位子，“羊羔君”不会再抬起头对她灿烂一笑，露出洁白整齐的牙齿，说句：“包工头，小的开工搬砖啦！”

是的，“羊羔君”已经辞职三天了，不知道他是不是已经离开了这座冷漠的城市。很想发信息给他，告诉他她今天过生日，问他能不能一起吃顿饭，一起吃蛋糕，即使不是情侣，但有他的陪伴也会让她格外感恩。

想了很久，她小心翼翼地点开了他的对话框，看着那只微笑的小羊头像，输入了几行字又逐字逐词删除，变换了几种语气和措辞，最后还是关了对话框，关掉整个软件，无力地瘫在电脑椅上面。她该用什么身份去和他说话?

旧同事？同事朋友？格子间的前战友？貌似基友的异性？还是曾经小暧昧过的男女?

他离开已经三天了，周围的同事没有一个人再提起他，只有小酿心心念念。同事之间没有多少私人交往，他是不是以为她也是这么寡凉的人呢?

想得太多，她的头又开始疼起来。

中午有个好友特地赶过来和小酿一起用午餐，送给她书籍和礼物，她的心情总算好了一点，能撑过下午。到了晚上七点多，女魔头虎视眈眈，小酿强行打卡下班了，独自一人寻了一家日式的居酒屋，吃了一碗精致的拉面。

## 3

一个人的晚餐，她拍照配图，发出一条朋友圈，说今天生日，感谢了妈妈感谢了一票人，然后期待而烦躁不安地等待着那个人的信息。此时距离去拿蛋糕的时间，还有一个小时。

朋友圈里的红点点越来越多，对话框中也有十几条信息，一个个红包都在等待她去收割，连她常混的群里，大家都在给她下么么哒和生日蛋糕的雨，一片欢腾的气氛。

但这份热隔着手机也暖不了她，因为时间的流逝逐渐冷却了期盼。

假如是在一年前，她会欢乐得像只京巴狗儿一样，肆意嘚瑟一圈，然后再把一个个红包的截图发到朋友圈去。

取到蛋糕，再回到自己的小小房间里，时间已经过去了整整两个小时。

她对知道自己心思的曾姐姐说："我发朋友圈消息已经整整两个小时了，他都没有和我说话，呵呵。""傻瓜，人家也许根本就不刷朋友圈呢，别想多了，你还是直接和他说说话吧。"

要的就是这句话，小酿终于如释重负地点开了"羊羔君"的对话框，有一搭没一搭地开始了毫无营养的对话。然而更加让人沮丧的是，闲聊中小酿得知他已经买好了车票，后天就走。但他却未发现她生日的信息，她想了想没有说出口。

她进浴室洗了个澡，和着莲蓬头冲下的水，痛痛快快地流了半个小时的眼泪。吹干头发后，她打开了视频和妈妈聊天，笑得一脸灿烂："妈妈，我们一起吃蛋糕吧！"

## 4

时间倒回到三周前，公司的季度总结会，那是他们每个季度一次生不如死的PPT噩梦。

“嘿，酿姐姐，为什么挣钱这么难啊，而且公司环境和我开始想的不一样呢。”QQ上的“羊羔君”发来吐槽的消息。小酿正头昏眼花，随手回复：“不然你想怎样咧？我都已经没有性别了，别叫我女汉子，请直接叫我汉子。”

“汉子，请问你赚钱养家吗？”

“妹子，你可以负责貌美如花吗？”

“……小弟服了。”

小小地调戏了一把，心情好了起来，小酿把耳机里面的歌曲切换到松快的音乐。然而这个松快没有多久，“羊羔君”的头像又晃动起来。

“如果是这样的话，可能我奋斗很久都不能达到目的，也追不到我喜欢的女孩子，我可能会考虑回家待一段时间，准备读博。”过了一会儿他又继续输入，“我真的很喜欢这个女孩子，她喜欢这个城市，但是如果要在这个城市扎根，生活成本太高了。你在这里这么久，比我清楚吧。”

小酿扯下了耳机，手握成拳，任由指甲扎得掌心生疼。在做了一个深呼吸之后，她很快地回复了一句话：“你说得对，我支持你，在这个公司确实没什么前途。”

## 5

时间倒回到6周前，小酿和“羊羔君”第一次出门约会。

行程安排得很顺畅，而且两个人都带了自己的吉他。他们先到公园里面，“羊羔君”的吉他弹得很棒，说好了要教小酿，他真的就认认真真地教她。

男生认真起来好看得要命，何况“羊羔君”本来就是长得特别干净清爽的一个人，他低下头的时候，额前的碎发覆下来，长长的睫毛下他看着自己琴弦的眼神温柔而专注，吉他琴弦上，他修长洁净的手指犹如翻飞的蝴蝶。

小酿看呆了，心里有个人正做着疯狂的表情包叫嚣着他好看，好看，太好看了！

“羊羔君”突然抬起头来一瞪眼：“喂，看什么看，赶紧练啊！”他有点凶，小酿却有种被霸道宠溺电到的感觉，为了掩饰失态，她赶紧补了一句：“你只顾着自己弹！”“瞎说，你再看一次，这里，这里……”

练完琴后，他们一起吃饭，“羊羔君”大方地埋单，拒绝了小酿AA的要求。吃完饭后逛街的时候，他看中了两件衣服，钱包里的余额却不够了，银行卡的余额也不够。

小酿坚决要求买了送给他，作为他教自己弹琴的费用。他叹了一口气，想了一会儿之后接受了她先行付款，说过几天发工资了就还给她。

他可能不知道，小酿满心希望他能坦然收下，这样以后他穿这两件衣服时就会想起她。当然，如果他愿意，她想为他买一辈子的衣服。

## 6

时间倒回到9周前，一个被期待的早上。

小酿在闹钟响起3分钟前就坐起来了，迅速起身到浴室里面，认认真真地洗了个脸，擦上润肤霜，再化了一个非常淡的妆。镜子里面的姑娘面如桃花，一对宽双眼皮的大眼睛里头散落着星星，最近同事都说她比以前漂亮多了呢！

那是当然，曾姐姐说了，多整饬自己，桃花运才能到来。最近她对着“羊羔君”总是莫名地心跳加速，特别是他笑起来的时候，或者是他从自己的抽屉里拿走零食吃的时候，又或者是在公司面对面吃午饭的时候，视线一对接，她就先竖起白旗了。

“羊羔君”居然还会弹吉他！小酿是颜控协会成员，他的外貌也过关了。聊天多了，小酿感觉和他性格相同三观相符，简直就是上天听到她的祈祷给她送过来的一个定制版男友。

小酿看了一下手表，踩着这个时间点出发，到达公司的时候刚好就能遇到他，然后他们就会一起吃早餐。他每天都在等着和她吃早饭、午饭，甚至有时候会一起加班，然后一起走到地铁站……这种日子光想想就觉得幸福。

公司里头还真没什么帅哥，来了一个“羊羔君”，小酿感觉全公司有心事的单身姑娘都来他们部门里头转了好几个圈了，幸好他都一一婉拒了！哼！“羊羔君”是我的！我就不信拿不下他！

抓起挎包，小酿风一样地出门了。

## 7

时间倒回到12周前，小酿第367次想辞职的一天。

小酿在这个公司干了这么多年，感觉已经到天花板了，自己也到了谈婚论嫁的年龄，然而男朋友到底还在哪个婆婆家寄养着，她却不清楚。这样不上不下的尴尬年龄，虽然妈妈没有逼着她抓紧时间找对象，她也暗暗着急。

哪有时间去找对象啊，示好的人也不是没有，但她没感觉啊，没感觉就不能将就。

工作也完全能够驾驭，就是很累，有时候回到出租屋，草草洗澡之后就想睡觉，有时候和朋友发信息发到一半就能睡着，第二天醒来再道歉，然后草草地抹了一把脸就去上班了。

“小酿，过来一下。”部门的老大哥喊了她一声，声音里面有掩饰不住的笑意。

“李老您吩咐。”小酿狗腿地凑了过去。

“你等下把你对面的那个工位收拾一下，擦擦干净，刚刚我从人事部那边听说招了一个帅哥，学历硕士。你这不单身嘛，听说人家也单身，好好把握啊！”

“哦，现在是个男的都称帅哥，是个女的都称美女。”

“你别这么说，是真的帅，赶紧把工位收拾一下吧，人家后天就过来报到了。你这兔子啊，得把窝边草给吃了，才不辜负我特地关照你的心意啊。”

“好了啦——”小酿拖着声音回答。

有生之年，原来她与他的这一场狭路相逢，避无可避，逃无可逃。

## 有一种孤独 »
## 是为了让你重新开始

*1*

闹钟五点半准时响起林海的钢琴曲，青林慢慢地睁开了眼。

初夏的清晨，还略有些冷寒，他起身洗了一个冷水澡。周末的青旅会比较忙，六点钟也许就会有人过来了，所以他得抓紧时间在六点前就把准备工作做好。刚洗漱好走到大厅，就从窗口看到有个人在门口转悠，他赶紧跑过去开门。

女孩子戴着黑色棒球帽，低低的帽檐下只看到小巧的下巴和紧抿的薄唇，背着大大的登山包，有着高挑而流畅修长的体型，即使她没有说话，青林也能感觉到一股无形的气场，伴着晨风压进了他的呼吸。

她一言不发地走进大厅，在角落找到沙发，扔下背包，整个人陷进去，好一会儿，她才摘下帽子，举起手无力地摆了摆。

青林赶紧过去，看到了她的脸。修长的眉毛下，眼神清澈，清秀的一张小脸上盖着被帽子压得乱七八糟的刘海，长长的马尾辫这时在她的手指上绕来绕去。

她应该是刚刚从火车上下来，身上有股火车卧铺特有的味道，满脸的倦色。

“我饿了，现在有东西吃吗？”略微沙哑的声音刚刚响起，青林马上就问出口：“你是定过房间的软糖小姐吗？”

“我是，你记得我？”女孩子略微惊讶地侧头一笑，唇角的弧形弯弯而调皮。青林略羞涩地笑了一下：“你的口音很特别，所以我记住了。嗯，我做份早餐给你吧。”

软糖听完只是一笑，又滑低身子，把帽子盖到脸上。

## 2

因为太早了，做饭的阿姨还没有上班，青林动手做了两份煎蛋和烤吐司，热了两杯牛奶，端出来，一份放到她的桌子上，一份自己留在收银台前慢慢地吃，然后给“软糖”办入住的手续。

“掌柜的，我不要之前订下的多人房，要个单独的房间。”也许是因为吃了东西，她的声音基本恢复了之前在电话里面听到的清亮，突然响起的时候，在他心里惊起了一群白鹭。可能因为是学语言专业的，他对各种声线非常敏感，甚至会通过声音去判断一个人的外貌，八九不离十，这是他不为人知的私人小游戏。

“好的。”爽快地应了一声之后，青林垂下长长的眼睫毛，犹豫了一下，抬手在系统里面选了一间最好的单人房。

软糖的外貌确实很符合他的猜想：电话里头她的声音爽脆，基本没有什么废话，那么人应该就是利落爽朗的；尾音里又带着一丝微微的傲娇，想必是个相貌不差的女孩子，这是长期被异性娇惯出来的女孩子才有的特征。他的脸略微发烧，又抬起头看了一眼角落里的人。

她比他想象的，更漂亮和立体。

青林从她的身份证上看到，珠三角地区的人，普通话虽然标准，还是带着一点点粤语的尾音，像蝎子尾巴弯弯的勾，恰到好处地让人不由自主地要猜她来自哪里，又很容易猜到她来自哪里，然后就可以打开话题，倾听佳人俏笑嗔嘻。

软糖慢慢地把早餐吃完，又抬手示意埋单。青林表示这是私人做的早餐，不收费了。如果在车上没有睡好，还是赶紧到房间里好好洗个澡、补个觉比较重要。

她侧头看了他一秒，粲然一笑，起身走过来拿了门卡和证件，飞吻："掌柜的，么么哒！"

从他接手旅馆一年多来，每天看到各种国籍各种颜值各种风姿的妹子，不算没见过世面的人了，可是这一刻他却像突然被子弹打中，那子弹穿过胸膛，弹头在他身后的墙壁上开出血色的花朵，煞是好看。

## 3

软糖昏睡了很长时间，醒来的时候已经是下午四五点，她睁开厚重的眼皮，喉咙有些干渴，但空调丝丝的凉风和带着阳光气息的被子让她觉得此刻十分安全，她的心境也空明无比。

旅行给人带来的意义是什么？也许就是安放一颗流浪漂泊的心，没有疲惫，没有难受，也没有强装的欢喜，就是一种淡淡而慵懒的感觉，犹如一只了无心事的大猫，在绵软的夕阳里面，晒着余温尚存的光，轻轻呼吸吹过胡须的风。

软糖起身把头洗了，又把脏衣服洗了，端起拧好的衣服，出门寻找洗衣机甩干。她一路走到二楼的小厅，光滑的实木榻榻米上面堆放着洗得发白的抱枕，有两对情侣在依偎着看电影。

打扫卫生的阿姨刚好路过，告知软糖公用洗衣机在三楼，晾衣服可以到天台。她拾级而上，这时候才注意到，浅橘色的墙壁上到处都是留言。

怎么说呢，你目所能及的墙壁上，布满了各种颜色的笔触、形态各异的字体、各种各样的图案，而且还画得非常好。软糖爬到三楼小厅，放下了盆子，细细地看起了这幅巨大的“清明上河图”。

常见的是情侣双双留下的话，表达幸福的现在和祈祷未来；再就是祈愿，比如考上大学，追到某某，赚到多少钱，父母身体健康；还有感叹这座旅游城市的景色如何美丽、如何迷人的……

一般从字体的大小就可以看出当事人的心情，软糖在比较靠下的地方，看到了一行很小很小、用圆珠笔写出来的字：“×××，我要努力忘记你。”

笔触很轻，写到后面的时候明显加重，最后一点都把墙漆按得凹陷进去了。这十来个字快速地写出来可能用不到二十秒钟，但想来那个人写得一定很慢很慢。也许这个人当时就蹲在这面墙前头，用了一些时间在脑海中重播了一幕过往的电影，又慢慢地写下了这句话，为这段感情举行一个小型的葬礼。

## 4

三楼上面的天台很大，晾衣铅线上的旅客衣服在飘飞摆动，空气还是略微有些热。软糖把自己的衣服找个地方挂好后，就略微打量了一下周围。

天台的四分之三用来晾被单和衣服，而剩下的四分之一做成了小花圃，高搭着一个花架，上面铺满了厚重层叠的金银花，那花开得繁复耀眼。三面的水泥花槽中生长着木槿和矮矮的串串红，都是好养又灿烂的花儿。难得的是，花架下，有两三张粗糙的水泥躺椅和小桌子。

真是个夜晚喝啤酒的好地方，这是软糖脑袋中的第一个想法。

她转身走回到天台门口，准备站一会儿吹干头发，没想到刚好碰见走上楼梯的掌柜青林。青林不是那种常规意义上的帅哥，但是眉眼清朗，嘴角天生上扬，看上去就是一直在微笑的样子，望之亲和，属于毫无攻击力量的草食动物，这是软糖以前根本不会注意到的类型。

是啊，以前她总觉得，捕捉最炫目的流星、驯服最烈的马、喝最烈的酒，才是快意人生，却忘记了剧烈的情感波动会透支耗损心神，付出的代价也是最大的。

“软糖小姐，”青林的嘴角大幅度上扬，“你醒了，睡得好吗？”

“很好，掌柜的。”她觉得这间青年旅舍真的很棒，就像一个巨大的男女生混住宿舍，有人情味、有生命、有温度，看来这次落脚的时间，可以延长几天了。

“叫我青林吧，青色的森林。”门口的风送来了她头发清爽的松香味，让他有勇气继续和她攀谈。

## 5

这几天，软糖都习惯了吃过晚饭在周围兜一圈之后，回到青旅一楼大厅，歪在沙发里面看书，有时候也发一会儿呆，或者观看新入住的旅客，还有和她一样的单身男女聚在一起聊天，也许会是一段新的感情开端。

今天晚上，有位老外带着自己的儿子，光着脚在大厅一边玩耍。软糖饶有兴致地看了好一会儿，实在抵挡不住那个超级可爱的洋娃娃的吸引，很想抱他一下，所以礼貌地向他爸爸征求意见。

没想到对方听不懂中文，只是微笑着摇摇头。过去读的都是哑巴英语，软糖一时之间竟然说不出话来，这时，一边坐着的青林走过来和老外说了几句话，老外笑了又向软糖讲了一段话，表示自己儿子经常遇到这种情况，但他不愿意被抱。

话的大概意思她倒是听懂了，就向他表示打扰，准备转身坐到沙发上。青林喊住了她，然后进去自己的房间拿出两张窄窄的席子，并从冰箱拿了几罐啤酒还有小食："软糖小姐可以赏脸去天台坐坐吗？"

不解风情地拒绝是不合适而且有罪的，没想到自己前两天随口说了一句，青林掌柜就贴心地准备了所有。

软糖不是看不懂他眼里的光，这种光她很熟悉，但眼下她不会拒绝在这个旅途的无聊时光里，和一个适合谈话的人，在合适的地点，喝几罐合适的啤酒，交换一下彼此的想法和故事。反正生命这么长，旅途这么短，不用太过在意。

## 6

是谁说过，昏暗光线里，安静的氛围，安全而陌生的对象，就很容易透露心事，再加上适量的酒精，软糖就把自己的故事交底了。

两年前，软糖爱上一个鲜衣怒马的帅哥，深陷其中后才知道，对方有着正牌的异地恋女友，而且自己也不是唯一被小三的姑娘。当初自以为火星撞地球，轰轰烈烈掏心掏肺百转千回，折腾到最后，才明白也不过是荷尔蒙过剩的年轻人遭遇背叛劈腿的一场狗血闹剧。

这一战让她一败涂地，而且用力过猛，曾经骄傲的人，爱到奋不顾身时候，可以为了对方一个召唤就飞蛾扑火，一个口令就上蹿下跳。由于心力透支过度，等她反应过来的时候，发现自己已经变成了感情世界里的聋子，从此听不见悸动的心跳。

讲完故事，两罐啤酒已经下肚，软糖除了声音带一点懒洋洋的味道，语气冷漠得就像在讲陌生人的故事。青林没有说话，只是慢慢地一口一口地抿着啤酒，看着那些在夜风中飘飞的白色床单和万国旗一样的衣服。

其实在你身上再惊心动魄的故事，在别人不过是万里云朵，毫无重量。软糖并不奢望听的人给予强烈的情感支持，她不过是拿故事换几罐啤酒，再表明自己的拒绝态度而已。

都是过客，何必留情。

过了很久，夜风怡人，两个人的沉默已经持续了很长时间，但是气氛并没有尴尬。在软糖昏昏然快睡着的时候，他的声音轻轻地传了过来。

“我想你只是感动了自己，再开始也没有你想的那么困难。”他转过头认真地看着昏黑光线里用手肘盖着眼睛的软糖，他知道她在听，“你可能也走过很多地方了，你会发现风景处处不同，你会发现某个地方的星星特别亮；你会发现这里的山特别奇；你也会发现某个海滩的沙特别软。”

“所以呢？”软糖略带讥诮地问。

“所以你不用担心，很多事情都是自然而然的。”青林顿了顿，温和地说，“回去休息吧。”

## 7

软糖滞留在这个城市有十来天，最后要走的那天，她发现自己有些舍不得这个小小的青年旅舍。它就像有神奇魔法的月亮池，有着疗伤的功效，虽然在未来几年内再到这个地方旅游的可能性不大，但她仍旧感激这个有着温柔气息的旅舍，还有温柔的掌柜青林。

回到自己的城市，依旧是按时按点上班下班，如果硬要说有什么不同，那就是多了一个经常给她发全世界各地景色照片的人，并告诉她，这是来自什么时候什么地方什么国籍的旅客送给他的照片，再附上一段祝安的鸡汤文。

一开始软糖觉得青林不过是一时兴起，想要一番艳遇，这个念头在半年多后就打消了。软糖就当青林是机械的新闻播报，偶尔回复一下，有一搭没一搭地聊会儿天。

心是一只青蛙，但它并没有被煮熟，它很惬意地游走在合适的温水里。

青林凑巧看过软糖在旅舍墙上的留言，她一脸的平静，拿着一支铅笔，在一个不起眼的角落，认真地一笔一划地写了很长一段话。他去看了很多次，知道她留言的大意是既往不咎，还是希望活得心安，不会再怨怼，放过过去，就是放过自己。

他也知道，软糖借走了他的凉席，在那几天里面，她一个人常常在天台喝很多很多的啤酒，他有点心疼，但他不会去出声打扰。

如果有可能，他愿意她一直坐在旅舍的大厅中，安静地看着书，而他打理着琐碎的事情之余，抬头就可以看到她眉目低敛的样子。如果不忙，把事情交给其他人做，他就可以陪她到处转转，把这座旅游城市的景色变成不过寻常。

## *8*

今晚，在已经开了壁炉的温暖的旅舍大厅里面，很反常地没有什么来来往往的人，连平时三台可供上网的电脑面前都没有人，嬉笑打闹的人也没有，应该在烤火吃东西的人也不在。

但是沙发上坐着一个人，低着头在看书，她翻书页的声音响在他的耳边，他不敢置信地看了好久，才慢慢举步向前。站到她面前的时候，他轻轻地问了一句："你怎么在这里？你有新男朋友了吗？"

软糖慢慢地从书页里抬起头，微笑地直视着青林的眼睛，像一眼看到了他的内心：“你为什么想知道这个？”

心脏狂跳起来，他的脸通红，但还是勇敢地迎着这个穿透力极强的视线，颤抖着声音说：“给我一个机会，做你的男朋友吧。”

林海的钢琴曲响了起来，青林慢慢地睁开眼，早晨五点半。

## » 再去爱吧，就像从未受过伤一样

### *1*

“我们分手吧，我爸妈他们还是不同意我们在一起……我很累了。”

每段爱情都有个关键节点，这句话在最后被说出的时候，南楠低着头含着泪根本不敢望向宋承。这年代还有因为父母反对而分手的，说出去都让人笑话，说出去人家都会觉得你是在搪塞，说出去人家都会糊过来一句话——还不是因为不够爱，何必找借口。

对于父母的无条件服从让南楠犹如一只毫无抵抗能力的小动物，犹如即将被屠杀般在宋承面前瑟瑟发抖。

“好。”宋承死死地看着她，咬牙吐出了这个字，心里却在抓住她用力摇晃，“你怎么能这么残忍，你这个骗子，你既然不能和我在一起，为什么还要和我开始？”

南楠惊讶地抬起了头：“你还好吗？”

“有什么不好的，早点回去吧。”他疲惫地向后面靠去。

她以为他还会动之以情晓之以理吗？还会继续求她和他一起努力说服她父母吗？还会再接受这种毫无希望的偷偷摸摸的地下恋

情吗？

她没错，他也没错，她父母也没错。

“你说过的，不被长辈祝福的婚姻是不幸福的，更何况，我现在确实没有条件娶你，你父母反对也是应该的，你还是回去和他们说清楚吧，说我们已经彻底分手了，不需要总是一直遮遮掩掩的，不开心。”

## 2

愧疚的人，总想着找个机会道歉，南楠虽然被迫和宋承分手，但伤心之余仍免不了后悔自己的优柔寡断，还有被父母把控的一丝反感。她忍不住去打探他的消息，有时还会发一些信息给他，但宋承很少回复。

如此一两个月后，南楠收到了宋承的一条消息：“我已经打电话和你父亲说了，女孩子家要有自觉，不要分手了又不分干净，还要来撩拨已经分手的男朋友，你爸还是要好好管管你才行。”

这条信息把南楠的愧疚不安、满腔委屈炸开了……她羞愤难当，当即收拾起行李，投奔了大城市里的一个朋友，像父母反对她的恋情一样，她激烈地抗争着父母阻止她北上的意愿。最后她赢了，从此她就如一只被线牵着的风筝，远远地飞离生养她的城市。

一年多之后，她遇到了另一个对她好的人，认认真真地过着自己的小生活。父母虽然继续反对，但这次收效甚微，她铁了心地过着自己的生活。既然父母反对这个男友，那他们就不结婚；过年回家，她可以接受父母安排的相亲，但永远看不上。

许久以后她才反应过来，也许她只是寻找一个反抗父母的借口，而宋承不过是这场中国式家庭的牺牲品，他才是最无辜的人。

## 4

宋承无意中看到一部日剧，山下智久扮演的男主角星川高领要和心爱的人润子樱庭分手的时候，尽管润子主动抱住他，追问他过去的承诺和一件件小事，他都一概回答：“我忘了。”

宋承觉得自己的心都在发抖，他点了一根烟，回头望了卧室一眼，老婆和孩子已经睡着了。在这个接近凌晨的时间，他想起了有关南楠的所有事情，犹如站在海边的岩石上，突然涨潮的记忆把他一寸寸吞没，他无路可逃、无路可退。

为了忘怀，他也对南楠下过狠手，并坦荡地活到今天，有了属于自己平淡幸福的小日子。他是不是应该坦承把应尽的义务偷偷赖掉了，为此欠了她一辈子？

可是，南楠逃避的态度犹如向着他的胸口刺了一刀又一刀，这笔账又如何算、如何结、如何了？

他又狠狠地抽了一口烟，灼烧的感觉穿透了呼吸道抵达每个肺泡，又经过胸腔挤压从鼻孔喷出。

抽烟有什么好的？上瘾又伤身，每根烟被燃烧后的灵魂都嵌入身体走了一遭，都有记忆留存在本来粉嫩柔软的肺部，再经过湿润微热的鼻腔，顺便烧黄了禁锢的手指。

燃烧到一半的烟被宋承放到烟灰缸里，那里铺着一层水。嗤的一声，袅袅娜娜的烟便戛然而止。

## 5

看一对情侣分手，很多人都会认为女孩子深情一些、难忘怀一些，然而又有谁能知道，看似风平浪静、淡漠无情的人，却能把这个隐痛忍着多年，犹如在心中某个地区，一直下着阴雨，绵延数年不止。

宋承知道南楠恨他，其实他不是很希望她恨他，因为恨的话，就会去记忆，不如不恨，从此忘怀，过好自己的日子；但他又希望她恨他，来证明确实自己不是一场笑话。

他有时候想起来就上网搜索一下她，后来从朋友们的转发里面看到了她的公众号，他忍不住默默订阅了，这样就能时不时地看到她记录的一些心情和故事，能远远地望着，也就可以了。

直到某天，他看到她发了一篇文《分手后，谁是谁的某某某》。他被标题触动，终于忍不住给南楠留言，他知道她一定会看到。

“我们不在一起的这些年，我走过了好多段心路历程……”他慢慢打字，眼眶突然有些泛红，“我想我过得不错，你也过得不错吧。我不甘心过，我绝望过，甚至我有过很多次一夜情，最后我还是知道你在我心里，无法被替代……”

看着后台留言的南楠震惊了，一字一句地盯着看：“我虽然很希望我们能从头来过，因为除了来自你父母的阻力，我们一直都很好。虽然恨过你懦弱，但你毕竟是女孩子，我不想你难做，逼着你和父母抗争……”

宋承犹豫了一会儿，又继续打字：“这么几年折腾过来，我也清楚和你再没有可能，所以相亲，结婚，日子过得也很好，现在我已经是三口之家。”

点下发送后，他真的很想哭，然而只是深深地吸了一口气，带着一种心事已了的轻松。原来承认自己放不下，会比一直让自己忘怀，来得更加坦然、释怀。

我什么都没忘，但有些事情只适合收藏。原谅我还是惊扰了，你的安。

## » 逝去的总会<br>给你对抗黑夜的力量

### *1*

越夏又一次驱车，从省城到另一个三四线的小城市，找荔枝吃饭。

吃饭不过是个通用的借口。他追逐并挑选了几个女孩子，散落在自己出差的各个城市，如果有空，或者恰逢要出差，他就过去约会，吃饭、看场电影或者逛个街什么的，然后把女孩子带进宾馆。

作为一名大区经理，他到哪个地方出差，吃饭和住宿一律都可以报销，所以他出手很是大方。这几个女孩子都很乖，多是与伴侣异地或者是单身，在即时聊天软件还不是特别发达，“约炮”“炮友”这些字眼还未产生之前，他宁愿认为自己是在与喜欢的女孩子愉快地共度春宵。

荔枝在美丽安静的小城市里工作，闲暇时会上网打打游戏。一年多前，在游戏里随机组队时和越夏组到了一起，因为配合默契，为了下次还能并肩作战，他们就交换了QQ号码，方便同时上线开服。后来聊得愉快，索性退了游戏只聊天。

数数和越夏有关联的这几个女孩子里面谁最漂亮，显然不是荔枝。但越夏很喜欢和她一起，因为他们能够聊很多他和别的女孩子聊不来的话，比如偏理性的书籍、经典电影、政治方向、职场斗争等，让他觉得得到了肉体和精神的双重享受。

当然，他巧妙地让她明白了，他不是一个适合结婚的对象，别说短期内，长期他都不会有结婚的打算。

## 2

越夏讲了一个故事给荔枝听。

他最爱的前女朋友，是一名家庭富裕的杭州女孩，两个人恋爱的时候并没有让家里人知道。女孩子非常爱他，也非常温柔体贴，每天都为他准备好早餐，衣服烫得笔挺，让他每天都信心满满地出门打拼。

后来女孩子的爸爸还是知道了两个人的关系，约见了越夏，告诉他想娶自己的女儿，就必须有一百万的现金作为聘礼。如果半年内赚不到，那么就不要耽误他为自己女儿安排的大好姻缘，必须退出，成全她一辈子的富足安康。

两个月后的某个早上，女孩子为他做好了早餐、烫好衬衣后，留下寥寥数语就离开了。她不想越夏为了这件事情日渐憔悴，忧心忡忡，寝食难安，她觉得自己离开才是爱他的方式。

“荔枝，你知道吗？那段时间，我醒来的时候枕头都是湿的，我真的很爱很爱她，可是我回去找了她几次，她都拒绝和我见面。后来我来到了这个省份，从最底层的业务员做起，做到现在的大区经理，已经赚到了一百万。虽然迟了一年多，但我还是马上跑回杭州找她，结果发现，她早就结婚了，而且已经有了四五个月的身孕。”

越夏眼泛泪光，暖黄的灯光下，低眉敛目的他，脸上的悲伤十分生动，让人不忍苛责。

“她哭着对我说，迟了，回不去了。丈夫对她很好，但不是和我在一起的那种好。她在我面前哭的样子让我心碎得想死，我说我原谅你了，就这样吧，我走，以后不会再打扰你了。”

“后来呢？”荔枝问。

“后来我没有忍住，还是和她发生了关系……我觉得自己不是人，她肚子里还有着她老公的孩子。我们一边做一边哭，结束后我就把她所有的联系方式都删除了，告诉她我再也不会去打扰她的生活了。”

## 3

荔枝是他用了挺长时间才得手的女孩子，她似乎不会轻易被欲望主导，每次他想送她衣服或者买点礼物的时候，她总是说不用不用。越夏知道，在这个城市里，她的工资可能只够他请客户吃一顿饭。

有一次他终于把她哄进宾馆喝茶，已经快擦枪走火的时候，荔枝突然呼吸急促脸色泛白，浑身哆嗦个不停。越夏只好强忍下来，并非常绅士地送她回去，回头再若无其事地找她，利用她负疚的心理，终于得手。

为此，他暗自得意了一段时间。

越夏大约个把月找一次荔枝，这种日子持续了一年半左右。让他很安心的是，只要他不找她，她就绝对不会主动打一次电话或者发信息。

这次很少见地，荔枝竟然主动打电话说想见见他。虽然有点安排不过来，但考虑到荔枝那种冷淡的性子，估计确实心情不好，也没什么人可以诉说的，能主动找他说明还是有点依赖他的。这点认知让他顿时心生飘飘然，把一些应酬推掉之后，他就直接开车去接她了。

荔枝似乎在路边等了很久，飘飞的长发有些凌乱，清秀的脸上满是落寞，眼珠子里都有种放空的茫然。看到越夏的时候，她的眼神居然都没法聚焦，迟钝而机械地望着他。

越夏下车后马上就脱下外套裹住她，嗔怪地说："不好好找个地方坐着等我，要是冻生病怎么办。赶紧上车，我带你去喝点暖的。"

## *4*

越夏的经验就是，女人不想说话的时候不要哄着她说出来，只需要一个劲儿地对她好，等到她终于忍不住的时候，就会自动对你诉说。届时的安慰效果绝对是事半功倍，而且还能加深女人对自己的好感。

两个人路过一家服饰精品店，荔枝对一个毛衣链爱不释手，看了好一会儿，连店员都过来表示可以打个折扣，但她还是摇摇头，放下了。

越夏好笑地说："买吧，说不定吃完饭就被人买走了。你高兴最重要，也不是很贵，不用和我客气呀。"

"谢谢你，还是算了吧，我们先去吃饭。"荔枝依依不舍地放下毛衣链，主动挽起他的臂弯离开了。

这真是有史以来吃得最艰难的一顿饭，荔枝时不时听他说着话就走神了，不但没有以往的融洽气氛，就连盘子里面时下最新鲜、个头最大的大闸蟹，都冷出了腥味。

越夏忍了又忍，才没有问出口，但她魂儿都没有的样子，实在是少见。

饭后两个人站在江边看灯，荔枝柔顺地倚靠在他的怀里。很久很久之后，她突然幽幽地问了他一句："你有没有经常觉得自己错过了些什么？"

为了配合气氛，越夏笑着说：“有啊，比如没有早点发现你。”荔枝没有再出声，到要走的时候，她突然又要求：“我们去买那个毛衣链吧，我想了很久还是觉得很喜欢。”

但事实被越夏的乌鸦嘴说中了，那条毛衣链居然真的卖掉了。

## 5

当晚的荔枝很是温柔缠绵，而且第一次愿意留下来，陪他度过这个漫漫长夜。以前她总是在结束后就起身离开，像在逃离什么一样。虽然也会觉得自己像是被用完就扔到一边的物品，但是越夏从不强求。

她纤细修长的身子并没有靠着他，在黑暗中和他聊了一会儿天后，她就睡着了。床够大，她离他足有两个人的距离。

第二天早上，他被荔枝打电话的声音唤醒，睁开眼，发现她正穿着他的衬衣，侧站在大窗前低声交谈。晨光穿透白色的衬衣，给她的剪影包裹上一层光辉，望着就让人心生暖意。他刚想开口喊她过来抱一下的时候，荔枝就发现他已经醒来，对他急急地做了一个噤声的手势。

又交谈了几分钟，她才挂了电话，略微不好意思地向他一笑。

这个笑容，不是以前她那种欣赏的微笑，也不是被他逗乐的那种嬉笑，更不是撒娇的那种甜笑，是一种她明明在对你笑，但你就是知道这个笑容与你毫无关系。

“和谁打电话呢，还不让我出声？语气这么温柔，我都嫉妒了。”越夏眯起眼睛看着她，突然发现自己其实从来不知道她是什么样的人。他一直以为她对自己起码是有爱慕、有感情的，但突如其来的陌生感让他很酸，可是，有什么道理要有醋感？她又不是他的谁。

对啊，她是他的谁？

## 6

荔枝又是一笑，是他从未见过的娇俏至极，说：“你不知道的人。”然后快步走进了浴室，接着门口就丢出了他的衬衣。

越夏略微烦躁地听着水声，打开手机，开始处理昨天积下来的事务。

等他抬起头的时候，荔枝已经穿戴整齐准备走了。

“你等一下，我洗澡后送你。”

“不用了，我坐班车回去就好。”

一扫昨天的委顿颓废，她对着他露出十分客气的笑容，转身就准备走了，突然又停了下来。

“越夏，越夏。”

原来她在喊他的名字，其实他一直没有听过她喊他的名字，以前她都是以“嘿”“喂”来代替，此刻突然间听到她小声的呼唤，就像地底下钻出来的小虫子一样，一口咬住他心口跳动的脉搏，让他心脏漏跳一拍，有点呼吸不过来。

他忘记了很久之前，是不是也有个人这样喊过他，是不是语气还带着温柔又带着忧伤，是不是希望唤醒他这个已经沉溺于红尘纷扰不愿回头的人，是不是还希冀已经荡失在男女游戏里的他，回头望，回头看，回头走。

“谢谢你这么久以来对我的照顾，再见。”

## 7

几天后回过神的时候，越夏发现再也找不到荔枝了。

她的QQ头像永远是灰色的，电话无人接听，信息石沉大海，个人空间上锁。而她到底在哪个地方工作，他好像不太清楚，也似乎没有必要去人家单位堵人。

他反复告诉自己不过就是个有过肉体关系的女孩子，走了还给自己省事了，不需要将来花心思疏远。可为什么在自己空荡荡的房子里独自躺着的时候，他又会想起她的各种好各样妙?

似乎发生关系只是自己一直希望走近她的一种方式，又一直用这种游戏的关系来安慰自己不要太在乎她。有趣的女孩子多得是，自己需要的，就是时不时能够被满足的身体欲望而已。以前这种催眠一直很有效，包括离开他曾经最爱的女朋友时，以至于他渐渐放弃了去追问自己的内心，总觉得人活着要总是情啊爱啊的，实在是太累了，还是简单的女孩子好哄，像荔枝这种可以交谈的女孩子，有趣但有毒，以后不要再碰就是。

不要轻易交付自己的心，是行走莺红柳绿的准则，不管是谁游戏了谁，认真的人一定会输。趁还未陷落，早点收回，独自暗暗包扎，暗暗舔伤，痊愈于无形最好。

## *8*

好几年后，越夏在网上很火一个社区，看到有人提出一个问题：“人生中，你有没有觉得自己错过了些重要的事情？”

“有啊，比如没有早点遇见你；或者，早点，认真地和你交往。”

# Part 3

## 鼓起
## 对抗黑夜的勇气

»

## » 每个人都会出轨，只是没有遇到合适的人

夜阑人静时，告罪的人在徘徊。

小柚显然在手机那端欲言又止，对话框长时间显示“对方正在输入”。

然而我收到的信息只有寥寥几个字。

“我……不知道怎么说。”

“说出你的故事，老树洞只进不出。”

“我好像是出轨了，从来没有想过……一直以为自己是专一忠诚的人。”手机那端的人，终于鼓足勇气，开口忏悔。

“我挺难受的，知道自己不对，可是……”省略号后，是百般纠结的心思。

小柚和男友从大学至今相处已有几年，不出意外，明年就会结婚，他们一直是别人眼中的恩爱楷模。

新来的同事对她特别上心，嘘寒问暖，关怀备至。

在一次加班独处的时候，没控制住与他拥吻后，小柚突然意识到，自己已经在这条路上越走越远。

说句讨打的公平话，那些平时感情稳固、自我道德约束强的人，出轨，对于她们来说，除了那点儿欢愉和刺激，更多的是在承受巨大的心理压力和内疚自责。

如果是出轨的惯犯，虽然也有其深度的心理成因，但相对而言罪恶感就弱得多了。

小柚本质不错，对于这样的女孩子，重点绝不是放在一味的谴责上。

“你和男朋友，是出了什么问题吗？”

出轨，代表着你已经拥有一段“三观”正常、道德正规的关系，还同时享用着另外一段非正当的感情或者性。

和一脚踏两船或是四处游戏、撩拨的人不同，出轨的人一直游走在摇晃的平衡木上。

一方面因为各种因素未脱离现有的关系，另一方面又无法抵制诱惑。

如果这个诱惑出现在你已有的关系出现问题时，而它恰好又击中你心中那个缺，我们就会很难抵御这种填补缺口的本能冲动，这越发让我们感觉恐慌。

因为这代表着，每个人都会出轨，只是没有遇到合适的人，只是没有合适的时机。

抛开其他的想法，也并非为了推卸责任。

只有清楚两个人之间出现了什么问题，才能知道为何出轨。

小柚思虑后回复：“可能是在一起太久了，他对我没有了以前那种谈恋爱时候的殷勤和体贴。”

不出意料，新同事的温柔和细致，让她心生好感，聊得多了，就难免擦出火花。

每个人都有自己的需求，在已有关系里，长时间未能得到呼应满足，需求的饥饿感一旦战胜道德规则，便会付诸行动。

只不过出于生理和心理构造不同，男人的出轨多属于性冲动，女人出轨多见情感诉求。

这也就是为什么，世俗认为男人出轨能回头，而女人出轨，就很难再拉回来了。

她的心已经不在了，忠实于意愿的身体，当然也就拒绝了对方。

性满足并不是特别难，而情感饥饿感比性的需求更加持久和难以填补。

没有人能够拒绝得了情感满足这个诱惑。

出不出轨，于每个人，不过是个概率大小的问题。

换句话说，你现有的这段关系，让你的情感和性需求处于一个温饱的状态，只是极大减少了偷吃的可能性。

然而述说的种种，并不是出轨合理化的理由。

因为关系的不正当，晒不到坦荡的光，出轨的植株总是很难结出正常的果。

有的人能看清自己的真正需求，而有的人会迷失自我。

选择了出轨，意味着选择背叛对方，也选择了与谎言同行。

一旦被对方察觉，对他/她的伤害，除了情感上被抛弃的痛，也是对对方的一种全盘否定。

这就是为什么想要重建关系，犹如灾后重建，肉眼可见的关系氛围下，还有难以修复的心理伤害。

这场战争没有赢家，双方要遭受信任危机，而出轨方就如小柚一样，受到道德上的鞭笞。

小柚还算清醒，也很幸运地没有走到最后一道关卡——身体出轨。

她和男友的关系，只是缺乏维护意识，并没有什么巨大的缺陷。

只需积极沟通和改进关系，修复并不困难。

然而有很多人，错把临时填充的食物，当成了能够长期食用的主食。

忽略了真正的感情只发生于两个平等的、愿意承诺的人之间。

确实，每个人都有机会，但同时每个人都可以有不同的选择。

它可以是一个让你沦陷的坑，也可以是一个转变自己、改进关系的契机。

你可以掌握伤害别人的权利，你也有可能是被伤害的那一方。

你的选择，决定了你的走向。

文章来源：【初心客厅】

## » 我却如<br>置身情感的孤岛

### *1*

“明天早上我一定要看日出，四点半的时候你切记要拽我起来！”软糖躺在上铺用半眯未合的眼看着我，我点点头，转过头看着一室疲惫无形的旅客。

这里是黄山光明顶上的一个酒店通铺，本来应该是标双的房间，在最大的空间利用率下被塞进了十张上下铺架子床。窄仄的空间里，各个年龄层的女人们，或倚靠或换衣，或梳发或整理行李，或窃窃私语或在通话中叮咛……洗手间传来吹风筒的声音，空气中混合着泥水雨水和略微难闻的臭袜子味道。

我盖上洁净程度可疑的被单，试图闭上眼睛，手在被子下面摸着已经被我关机又握出体温的手机。我怕开机后，没有那个人的消息通知跳出来，今夜将无眠，那么明天就根本别想爬上莲花峰。

我害怕等不到一个人一条普通的消息，害怕到得用关机的方式。不是懦弱，而是失望的恐惧再加上未知的等待，以至于我都能看到时间以万分蹒跚的步履踩过我的心，疼得我不堪忍受。

半明半黑的光线中，一室嘈杂，我却如置身荒凉的孤岛，发不出任何信号，又苦盼能收到只字片语。

## 2

最恐怖的事情并非做了噩梦，而是梦中所发生的一切真实存在。你欣喜若狂，如找到了那只走失的爱猫，它喵喵叫着飞扑向你。搂入怀中绒毛的触感，毛下温暖的身体，呼呼噜噜的发嗲声与平时毫无差异，而你在狂喜后，看看周围，突然明白过来——你在做梦。

梦中你收到了无数条信息。

我猛睁开眼，暗灰的光线里已经有人在轻声走动和洗漱，软糖正坐在我的床上穿着她的臭袜子和登山鞋，转过头看到我已经醒来，轻声说："猪，起来啦，再不占位置就什么都看不到了，还好我调了闹钟。赶紧起来，我先去买点吃的占位置，电话联系！"

烫热的糯玉米棒子握入手中的时候，我终于感觉到一丝暖气。毫无吃相地啃完一个后，我又喝下保温杯里面半壶微微烫喉的水，手里握着另一个玉米棒，走出了酒店的门口。

盛夏，光明顶的清晨，晨雾寒凉如刀，割入裸露的皮肤。

## 3

我和软糖为了体验旅途感，从沿海城市特地坐了卧铺，花上二十多个小时来到黄山。沿途玩闹几天后到了黄山脚下，经过昨天困苦的攀爬大峡谷到达光明顶，凌晨再拖着酸痛无比的身体，挤过一个个萝卜坑，终于坐到那个宝贵的位置上，以期看到云海日出的壮丽景象。

"哎哟我去，老妈白瞎了这么早起床了！"软糖骂骂咧咧地啃着剩下的玉米棒子，盯着那个已经不是蛋黄的朝阳恨恨地讲。

这个朝阳很是狡猾，先用厚雾遮盖，然后在大家七嘴八舌地说着时间好像到了，怎么还没有看到动静的时候，啪地一下跳了出来，明晃晃地散发出它早已出现的信息。身边的人一窝蜂地把它臭骂一顿，然后万般无奈地起身离去。

不知道为什么我反而乐了起来，扶着围栏盯着它看，觉得有话要和它谈谈。

“走啦，我们回去酒店收拾东西，今天还要去爬莲花峰呢！呀，快过来拉拉我，站不起来了。”

软糖是个爱憎分明女孩子，所以有时候我都觉得她应该叫硬糖，芥末味的，辛辣中带甜，味道一试就让人难忘。

她有很多兄弟，在世界杯期间能够和他们呼啸来去，勾肩搭背在酒吧喝彩咒骂，放肆得不像一个良家妇女。她又能在周六日的下午，在我们合租的小客厅里面，窝在沙发里看一整天的书。夕阳会把她垂下的长长秀发勾勒出金色柔和的边，秀美的脸蛋安静如水，那个时候完全不像她。

假期结伴出游的计划是她一手策划的，我安心当那个凑钱AA的废物即可。

## *4*

此刻她正走在我前头，一边用手里的登山拐杖敲着那些铁索上密密麻麻的同心锁，一边絮絮叨叨。

“你说这些人啊，为什么非要在这里加上这一把锁，再把钥匙丢到寻不着的地方呢？如果真的能就此一辈子不分开，那不比结婚证还来得扎实啊？”

“也许就是为了个仪式吧，证明此时此刻我确实有心与你到老。”我跟在她身后漫不经心地用拐杖拖过这些锁头，听着它们发出哐当哐当的细碎声响。

“我倒是听过一个说法，如果恋人在这里加上了这个同心锁，发誓不分手然后又率先违背的话，就会受到惩罚，或者是生生世世都会怨缠不休。”

我哈哈大笑起来：“这是那些害怕承诺不着地的人想出来吓唬人的吧，相信这个说法的，肯定大部分是女生。”软糖听到这里，停了下来盯着其中一把锁头：“要是哪对情侣到了这里，和对方讲了这个说法，又掏出一把锁头要求对方一起发愿锁上，然而对方的态度推脱，有所保留，你说这该如何收场？”

我笑嘻嘻的：“幸好我知道你是第一次来黄山，不然我会真以为你遭受过这种尴尬时刻。”

软糖转过头盯着我，一字一句地说：“你也知道我是第一次来这里啊，可这段时间你都哭丧着脸干啥呢？当我是瞎的啊？我和你一起玩儿也很尴尬的好不好？”

这下轮到我想训人了，这套路太深，我居然就中招了。我深吸一口气，不能认输：“软糖你不会是想和我做拉拉吧？”

她一拐杖扫了过来：“行了，你别装了，不就是一个男人嘛，行就行，不行就拉倒。”我抓住她的拐杖，尊敬地对她笑说：“您老说得极是！”

## 5

我依旧没有开机，穿过莲花峰顶的人潮时，就更加释然了。人潮来来往往，我不过是个没有任何体能可谈的人，却能走过这人工穿凿出的万千台阶，大抵是已经搏尽了最后一点心力，那种懒洋洋爱谁谁的感觉就上来了。

两个人在一起，不过两条路：在一起和分开。已经用尽力气爱得毫无保留的人，真正放下的时候，犹如把开锁的钥匙抛入崖底。

才不像那些鸡贼的人，裤兜里面偷偷藏着备用钥匙，或想着一把锤子砸开锁头。

回程的火车上，我打开了手机，看着一条条跳出来的信息，认真阅读后，叹了口气，回复了一条。电话没多久就响了起来：“关什么机呢？要随时让我能联系到你！要真出事了怎么办？”

我低低地笑，想了一下：“问你啊，就一个问题。”

“……说吧。”

“你要不要我？”

“要！”

## 6

和他婚后两年，我依旧记得自己在那个晃晃荡荡的火车上铺，听到他毫不犹豫的回答，心中大定，挂了电话后，我捂着脸悄无声息地哭着，泪水满掌都是。

我和光明顶上空的那个太阳说：“如果我能与他此生相伴，愿折寿十年。”

## 别揣着 »

## 当妈的心，谈个姐弟恋

*1*

欣欣打电话给我的时候，沙哑的声音充满着疲惫：她的小老公要闹离婚，而且是非离不可的那种。

当初要死要活哭着喊着没有欣欣就会此生孤独寂寞冷的是他，现在才结婚几个月，就再也受不了说必须离婚的也是他，说散就散，不留一丝温情。

原因说起来倒是很在理，一个是觉得她管得严，说教频率渐渐增大，烦；一个是欣欣说过“以后你再不改，我们就离婚”之类的话，让他觉得大受其辱。

他觉得这样的婚姻不是自己想象中的那种，还不如早点分开为好，免得耽搁彼此。

欣欣哭着说，我以后户口本上就要盖上一个已婚加离异的印章了，他是无所谓，可我怎么办?

是的，当双方关系加上了一道法律程序，虽然没有孩子，但长期而普遍的传统思维，都会让人感觉女性已经身价大跌，选择面再次缩小。

然而在两个多小时里，她细细的诉说间，我发现，她确实有了一个很严重的问题——心态。这应该是很多姐弟恋的夫妇和恋人的心态，就是包办。

其实之前都有大量迹象表明他不适合当老公，处世的方法和工作的态度，都表明这个二十四岁的男人离一名合格的丈夫真的还欠很多很多的火候。

可是欣欣就是着魔一样，两眼放光地和我说："每当看到他和婴儿一样的眼神，我就觉得他好纯净，我这辈子应该都很难再找到这样的人，错过太可惜了。"

然后一头栽了进去，直到他给了她看似无辜然而伤害巨大的一击。

## 2

前段时间有个东北大妈打电话给女儿逼婚逼生小孩的视频挺火的，网友热议，然而我的注意力却放在了大妈其中的一段话上——

"我让你找个大点的你不听，我让你生小孩还不听，你是要上天啊？就差我给你买蹿天猴了吧？我比你爸大，我也是倒了八辈子血霉了！我这一天天像他妈似的，脚指甲都得给他剪，放个屁都怕把他累着！不是你我早跟他离了……"

这实在让人无法笑出来，看似搞笑的话语，其实是这个女人日常的心酸和无奈的呐喊。

倒不是说我反对姐弟恋，而是就目前为止我所知道的，姐弟搭配的恋爱婚姻样本里头，那些操劳又疲惫的女人，幸福指数真的没有大家想的那么高。

我只是有些心疼，在这种不正常不对等付出的两性关系里，那些深陷而不自知的女人。

病态姐弟恋里，她们犯了一种心理上的疾病，叫"关怀强迫症"，病症是以依赖别人对自己的依赖而活。

## 3

恋爱有治疗对方童年隐伤的神奇功能，这个爱，恋人假如给的无条件并且稳定，对方一般都能从残缺的、扭曲的认知中慢慢走出来，逐渐形成完整而高质量的关系。

追根溯源，童年的原生家庭中如果你给孩子正确的教导，对子女以后的婚恋都是一个强有力的基础，他能成为一个好恋人好伴侣，也能影响别人成为一个好恋人好伴侣。

即使是在真正的亲子关系里面，对自己的孩子，母爱都必须有正确的付出方向，那就是：无条件地去爱，并且懂得适时放手。

我经常看到恨不得把什么都给孩子的父母，帮完全有自理能力的巨婴把牙膏挤好，洗脸水打好；也见过六七岁还需要爸妈喂饭的孩子。

我们误以为这是伟大的爱，为它感动，而且歌颂它，所以才有这么多人认为常年持续的付出是一种伟大的情操。

但好多人不但把时间段搞错了、对象搞错了，就连付出的度都把握不好，所以才会有那么多人哭着喊着说：我对他那么好，他为什么要这样对我？

可这种好，真的是人家需要的吗？

## 4

当他是一个完全依赖于大人照料的小婴儿时，悉心而全方位的照料，是他的必需品；

当他已经有能力扶着墙一步步挪动着学走路的时候，父母的鼓励和照看是必需品；

当他背上书包上学，精神的教导和父母的以身作则是必需品；

但当他开始寻找伴侣的时候，婴童状态般各种无微不至的照料还是他的必需品吗？

能得到一位异性同等高度的精神共振，获得平衡对等的付出、独立有尊严的爱与倾慕，才是一个成年男人的最高情感成就。

本来应该相互依靠、扶持的恋人关系，被太多女人一腔热情地用这种单方面、低层次的付出扭曲了，所以她们才人为地让很多男人的心性停止发育，回到巨婴状态。

这哪里是姐弟恋年龄上的问题，能把姐弟恋变成甜蜜和谐的恋情，靠的必定不是你去卖命当精神和行为上的老妈子，来换取饲养对象的爱恋关系。

对，姐弟恋也在娱乐圈开出了朵朵鲜花。

从老梗王菲谢霆锋，到林心如霍建华等等，但请吃瓜群众想想，她们是不是都先活成了自己，然后才去缔结关系，让你几乎都忘记了他们的年龄差距？

## 5

最后给大家讲一个细思恐极的故事，这是读者阿朱给我发的留言（已征得当事人同意，略有删减）。

我和对象已经订婚了，可是，我比他大两岁，事事想得比他周全，考虑的担心的事情也比较多。

现在我和他还有他妈妈住在一起——在他妈妈的要求下我住到他家里——当然他也对我蛮好的。但是，他还是像个孩子一样，经常做事考虑不周全，自己不想找工作，在他妈妈的安排下才进了本地派出所。

他虽然想有一番作为，但始终停留在想象中，给我说的一起去哪里旅行啊、开车去水上乐园啊等等事情，不管是长远的，还是近期的，都是说完之后不晓得什么时候才能实现。我跟他好好谈过，他保证以后会怎样怎样，但是明显行动力不足。

我有时候真的生气了讲他几句，他就受不了，还说和我在一起不开心，不想和我在一起……

他和我讲这种话已经很多次了，可大多数时候会因为我的坚持而继续下去，他说，他要是真的想分手不会多说什么，更不会跟我废话那么多；他说我这种话很伤人，让我不要老讲这种话。

可后面每次吵架时他还是会讲：要不就彻底分了吧。

之前我想坚持，一是顾忌亲戚们都知道了，分手的话难免让人议论；二是他平时对我蛮好，也做过一些让人感动的事，所以我很纠结，不知道该怎么办……

不知道大家看完是什么想法?

我第一个反应就是：这哥们他妈是自己当了一辈子的妈还不过瘾，还要扯上另一个姑娘给自己儿子继续当妈的节奏啊，这妈实在太伟大了，“妈备胎”都给儿子找好了。

“女大三，抱金砖”这句话，指不定你也拿来怂恿过谁去开始一段姐弟恋，其实这句吉利话是有完整版本的：

女大一，抱金鸡；女大二，金满罐；女大三，抱金砖；女大四，福寿至；女大五，赛老母；女大六，乐不够；女大七，笑嘻嘻；女大八，准发家；女大九，样样有；女大十，样样值。

不知道你们看着是什么感觉，我却看出这是长辈在殷切地暗示、劝服一个男人娶一个比自己大的女人以后的各种好处，特别是，女大五，赛老母。

我要的是一个起码在年龄与心智上与我相匹配的爱人！谁想当妈谁去当，劳驾叔叔阿姨们您出门左转，不送。

## » 坚定地去<br>穿越熙熙攘攘的人群

*1*

琳琳坐到熟悉的位子上，抬手和老板娘打了个招呼。

“油盐鸡一份，哦不，今天要油盐鸡腿饭一份，再加烧鸭饭一份。”犹疑了一下，她决定还是点个稍微贵点的饭给他。

然后她从包包里面掏出两部手机摆在桌子上，一部是她已经用了许久的老机子，一部是她刚刚从网上买回来的二手智能手机，是他念叨了一两个月的手机。虽然是二手的，但也用光了琳琳攒下来的那点微薄积蓄。

分手礼物总不能太寒碜，琳琳摆弄着手里的手机，几不可闻地叹了一声。

当阿志高大的身影跨进店里的时候，她突然觉得，自己只是在等一个普通朋友，再也没了过去那种焦急盼望他来的感觉。

*2*

琳琳和男朋友阿志原是一对羡煞旁人的大学情侣。

大一刚刚进学校不久，阿志在篮球场上对琳琳一见钟情，没有多久两个人就恋爱了。大学四年里头，宿舍里头的小姐妹都换了几茬儿男朋友了，只有琳琳还是跟阿志在一起，连宿管大妈都按捺不住地问琳琳：“你怎么还不换个男朋友呢？”

他们雷打不动地在晚饭后散步，三年多的时间里面，学校哪个角落都有他们的脚印，糖黏豆般的身影雨打不散。

更让很多人羡慕的是，“毕业就失业”“毕业就分手”的魔咒并没有在他们身上出现。临近毕业，两个人签了同一个二线城市的两个不同的岗位，阿志去了事业单位，琳琳在公司上班，而他的单位距离她上班的公司步行只需15分钟。这个消息连双方父母都非常满意，感觉人生可以预见的所有问题，都统统不在话下了。

那段时间，应该是属于最后的好时光了，他们虽然用光了父母给的前期花费，但是没钱对于大部分年轻人来说属于常态，反正他们最多也就感慨下喜欢的东西怎么那么贵，至于房子车子什么的，离他们还太遥远。毕业后，能养活自己就是个不错的成就了。

## 3

琳琳的公司要求严格，而且作为新人，加班加点总是免不了的，上司给的压力很大，她疲于应付公司的各项工作，连晚上回去都在想着方案。甚至有段时间，她做梦都在想解决方案，醒来后分不清楚是梦里还是现实，接着就频繁失眠。

阿志反而轻松很多，到点就能下班，下班后就晃悠到琳琳公司的宿舍，打着电脑游戏等她回来做饭。吃完饭，他继续打游戏，琳琳有时会再回到公司加会儿班。

这样的日子过了几个月，他觉得这辈子也会这样长长久久地过下去。

只是不知道为什么，琳琳沉默的时间越来越长，有次吃着饭，她突然搁下碗筷，眼泪就那么大颗大颗地直线往下掉，把他吓了一跳。

“公司一个大姐和我说，领导看着我们每天勾肩搭背地进出公司宿舍，说影响很坏。还有，一个女孩子家的，才毕业就给男朋友当煮饭婆，像个什么样儿……”

憋了半天，她擦干眼泪说：“要不我们搬出去住吧，这样就不用理会那些人的闲言碎语了。”阿志沉默半晌说：“我们哪里有钱啊，你又不是不知道，我的工资还得寄回家，我妹还要上大学的。”

琳琳何尝不知道他家里的情况，只是自己太难过，想要抱怨一番。她想了一会儿之后，叹了口气，继续打开PPT。

## 4

他们第一次大型争吵的起因是一双篮球鞋。

阿志在上网的时候看中了这双篮球鞋，款式功能都甚合心意，而且正在做促销，他心急火燎地把链接发给了琳琳，让她赶紧买下来。

琳琳打开链接看了一眼，走出办公室到走廊上给他打电话：“我们还有一个星期才发工资，虽然鞋子只要三四百块钱，但是现在我们手里也就只有这么多钱，何况公司还不一定就会在既定日期发工资……可不可以等几天，等发工资后我就给你买。”

“不行啊，现在打折啊，过两天就没有折扣了，等到发工资，那就买不起了。这几天我们省省就好了，不吃肉，为了这双鞋，我可以啃超市的大馒头。”

琳琳压低声音：“给你买了，咱们就连买菜钱都没了，你啃馒头，我吃什么？”阿志满不在乎地说：“那你和你同事借个一百块就好了，吃饭哪里要花那么多钱……”

琳琳心头憋着一股气，想想焦头烂额的工作，想想银行卡里面那可怜的四百块钱，垂头丧气地拖着脚步走回办公室。

邻桌的大哥看到她这个样子，关切地问她怎么了。她欲言又止，神奇的是，大哥哈哈一笑，说："开不出饭了是吗？刚毕业就是这样的，我当时也是这样子啦……来来来，这儿有200块钱，拿去吧，想什么时候还就什么时候还，没有关系的。"

琳琳想了想还是接受了，虽然她从不愿意向同事借钱。

在收到货后，琳琳板着脸把包裹送到阿志面前，足足跟他冷战了三四天。

## 5

压死骆驼的最后一根稻草还是在几个月后到来了。

阿志得到了一笔两千块的奖金，加上余款总共有三千多块钱，在银行的自助取款机上，他得意地按开了余额查询给琳琳看，然后，马上就把两千块钱转到了他妈妈的账户上。

琳琳呆呆地问他："你只剩一千多块钱了啊，我看到你信用卡似乎也欠了点钱。"

"对啊，没啥，欠了八九百块钱，我等下就还进去。"阿志还沉浸在自豪中，拿起手机给自己的妈妈打了个电话，让妈妈去查打款记录。

"你还了信用卡之后，不就只剩下三四百块钱了，接下来这个月还怎么过？"琳琳失神地问他。"嗨，我吃个早餐用不了多少钱，每顿只要三四块钱就够了，中午单位包了……""晚饭我包了是吗？"

"怎么了，你是不是不高兴了？"阿志莫名其妙地看着她。

"分手吧，我养不起你，我也想存钱给我爸妈！他们供了我大学四年，我到现在才给了他们不到一千块钱！"琳琳突然失控地大叫起来，引来了几个人侧目。

说完她转身就跑了，穿过步行街熙熙攘攘的人群……

所有的一幕幕在她脑海里面掠过，想起一桩，她的心就冷一度。

### 6

到底是什么侵蚀了他们看似稳固的爱情？是一次次疲惫地拖着身躯下班煮饭，是独自支撑生活太久，还是预见了毫无物质基础的未来？

她想起那个大姐苦口婆心的话：“阿琳，你可能觉得我说的话难听，但是嫁给这样的男孩子，买房子困难不说，结婚后，你想吃个新鲜的苹果，估计都困难。”就这么一句话，击溃了她本来懵懂的坚持。

女性的成熟总是比男性快得多，离开学校不久，琳琳就开始对着不多的薪水精打细算，她学会了在菜市场里讨价还价，学会了如何用一个电饭煲做饭又煲汤，学会了买性价比最高的水果，还学会了周末去淘点便宜的衣服和材料，一点点装扮自己的小窝。

反观阿志，也许是因为工作稳定，竞争并不激烈，还有琳琳这样的后盾，他的心性似乎还停留在大学时代。

### 7

这次的冷战已经长达半个月，看着对面坐着的阿志，琳琳心头一阵平静，她把那个二手的智能手机给了他。阿志眼神一亮，马上接过去拨弄起来。

对于他来说，琳琳就是耍耍大小姐脾气，但她念着他的好，最终还是会回到原来的样子的。所以他也没有特别去哄她，都四年多的感情啦，还折腾啥？

阿志狼吞虎咽地把饭吃完，又把琳琳的剩饭接过去吃了，擦擦嘴说："这些天自己洗碗洗衣服挺辛苦吧？我今晚过去帮你洗了。"

是的，一直以来，阿志都承包了洗碗洗衣服这两项家务，这让很多女孩子很是羡慕琳琳，也是琳琳曾暗自得意的事，但是现在似乎没有那么重要了。

"我们分手吧。你在我那边的东西，过两天打包后我会寄给你。"琳琳终于开口了。

阿志错愕地抬起了头，死盯着她，看到她紧紧抿着的嘴，以他对她的了解程度，知道她这样是真的下了决心。

一阵痛楚从心头蔓延开，阿志想起了单位里面几个兄弟说的话，女生啊，进了社会不久就会变得只认钱，谁有钱谁就能先娶老婆，什么情啊爱啊，统统靠边站。

他往椅子上一靠，把筷子一扔："你天天说想结婚，想结婚，我们结婚还不容易吗？去民政局，九块钱就搞定了，你敢的话我们明天就去结婚！但你不敢，还不就是嫌弃我没钱？"

琳琳的脸白了又白，她气得哆嗦起来，被这句话呛红了眼。明明是初夏，她的手指却像冬天一样又冷又僵硬。多年以后，琳琳想起这句话，都会泛起微微的恨意。

她忘记了自己是怎么离开的，但阿志没有忘记带走手机。

## 8

一年多后，在大街上行色匆匆的琳琳遇到了阿志的同学，是当时一起来到这个城市工作的一个小伙子，他骑在摩托车上，大声向她打招呼："阿琳，阿琳，好久不见呀！"

琳琳客气地向他点点头，问候了一声。

他带着一种奇怪的笑容，上下把她打量了一番，用一种幸灾乐祸的口气说："你不知道吧，阿志买了房子啦，他老爸以前做生意失败了，但是现在又赚回来了，第一件事就是给了阿志十几万的首付，让他买了房子。”

琳琳一直保持着淡漠的表情，听完之后只是点点头：“那就代我祝他好。再见。”说完就继续向前走。然而这人不死心，还紧追几步，说：“你当时要是不和他分手不就好了嘛！”

琳琳一听倒是笑开了，问道：“如果我和他不曾认识过，那么他就是开着豪车，又和我有什么关系呢？”然后走远了，留下根本不懂这句话的那个好事者。

## 9

其实割舍一段近五年的感情，哪里有那么容易呢？刚刚分手的时候，琳琳经常在深夜里捂着被子号啕大哭，就怕隔壁的人听到。

她听了一遍又一遍的情歌，放任自己哭个够。开头的几个月难熬得不行，她总是觉得自己不对，毕竟阿志似乎也没有什么错，因为她和阿志的分手，妈妈还打电话过来骂她不懂事。

分手后的某一天，有位小姐妹吞吞吐吐地和琳琳说，阿志向她借过五百块钱，问琳琳能不能帮忙喊他还了，错愕得满脸通红的琳琳马上自己把钱还给了她。

再有一次，在QQ上，久不说话的琳琳看到阿志的签名——若不分手，庆祝五周年。心酸的她憋了很久才发送了一句话给他，说对不起。

很久之后，阿志给她回复了一句话：“没啥，就当自己这几年瞎了眼。”

看，释怀就是这么简单。

莫欺少年穷，也莫欺女儿傻啊。

# 房子是男人的孩子，孩子是女人的房子 »

## 1

网络上曾有一个街头采访视频刷爆了朋友圈，大概内容是分别问了几个男人和几个女人同样的问题：如果离婚的话，你是要房子，还是要孩子。

男人清一色答房子，因为房子很贵，因为钱很不好赚，因为不想便宜了那个贱人……

女人清一色答孩子，因为孩子不是物品，因为钱没了还能再赚，因为孩子需要的是爱……

必须承认，这种高对比的样本采集手法，可以最大限度地撩拨情绪，很容易就让人觉得男人狼心狗肺，而女人的形象就一下光辉高大起来了，耳旁会自动环绕播放起《世上只有妈妈好》。

很多女性会毫不犹豫地转发到朋友圈，并配上类似文字：孩子不是物品，是我一生的宝贝，或是男人真恐怖，男人没有一个好东西。

不知大家有没有注意到其中一个细节：片尾的时候，第二个回答问题的男性居然未婚，还顺便借着这个节目征了个婚。对比之前他的回答，真是让人哭笑不得，为他掬一把同情泪，想和他说一句：兄弟，你是特地开着挖掘机（机械操作工程）过来被节目组坑了一把的吗？

对，我想说的就是，这个视频的采样对象本来就以偏概全，所以建构在这种基础上的情绪撩拨，居心何在？

## 2

对别人的感情头头是道的人，很多其实自己还是单身，空有一身理论无处可施；

惧怕婆媳关系的，大多数是还没有结婚的女青年，闻婆婆这种生物色变，未来老公还寄养在婆婆处，就已经各种策划学习如何应对婆婆；

……

依我看，视孩子如洪水猛兽和累赘的，只有两种人，第一种是还没有自己的孩子，第二种是根本没有亲自照顾过孩子的，此条不分男女都适用。

在讨论问题前，设置一个前提背景——

你有一套房子，拼尽全力拿到房产证时想哭想笑想疯癫，又历尽千辛万苦硬装软装都搞妥当甚至还欠下一屁股债。然后，你有一个经过日夜颠倒从小肉团长成会跑会跳、会搂着你喊爸爸妈妈的让你喜让你愁让你又爱又恨的熊孩子。

没有深刻体会过这两种情况的人，做出这种非此即彼的决定并不具有说服力，讨论这种话题只是增加毫无对比意义的样本。

现在把孩子与金钱同时放到拷问人性的天平上面，在不讨论道德与否的情况下，我们只讨论两个关键词汇：投入的比重以及安全感程度。

## 3

我们先行排除那些获得房子并不费劲的男性，再把女人怀孕生育的过程并排比较——

房子启动基金，是由男人一个个不休不眠心力交瘁深夜加班累积起来的；女人腹中茁壮成长的胎儿，是以她一阵阵的反胃呕吐夜不能寐脚肿腿胀的身体劳累为代价的。

四处借钱的窘迫和拉下面子的羞惭感让男人不堪回首；日渐沉重的肚子和浮肿的四肢让女人形象全毁；

装修犹如脱了层皮般在建材市场新房单位之间疲于奔命，生孩子犹如把一个西瓜塞进鼻孔，那种疼痛中带着血淋淋的恐惧；

因为买房装修而不得不慢慢添置家具家电，缩衣俭食以至于每个物件都用得小心翼翼；而那坨小小软软的肉吃喝拉撒睡都占用了一个母亲毫无规律的24小时……

你会发现，这其中投入和付出的心血，在某种高度上，达到了神奇的一致。因为感情这种事情，不是生来就自带的，而是靠你的付出而培养出来的。

拿走一个男人千辛万苦拼了命挣下来的房子，和拐走一个女人十月怀胎拼了命生下来的孩子，两者之间有多大的区别呢？

人家能不和你拼命？

## 4

但以上所有的沙盘推演我们都要推倒重来，重新回到实际情况上。

事实情况就是，先有鸡还是先有蛋始终很难厘清，房子和孩子本来就是个纠缠在一起而密不可分的过程。

打个不太恰当的比方，在动物界里面，很多雄性动物在求偶期间，首先做的一件事就是筑巢，或者打猎物。雌性动物一看，嗯，不错，跟着它有得住、有肉吃！作为孕育后代的主体，她本能地必须考虑到将来在她丧失捕猎行动力期间，能有基础的保障以期安心繁衍幼崽。

这就是最原始的安全感，不管提供的是筑巢、捕猎，还是尽责尽职的照料和爱护，都是雌性动物需要考察的范围。动物们的思想比较单纯，没有那么多弯弯道道——你提供食物、居所，我给你繁衍后代，这样合作得比较愉快。

回到我们人类，遵循的基本上还是这个路子，但如今社会分工越来越模糊，因而女性不再需要完全依靠男性来获得物质条件，这就导致她们在精神层面上的要求更为苛刻。

女人挂在口头上的安全感是什么，说穿了还是动物的本能反应，有个巢，你有打猎的能力，在她丧失捕猎能力时，能得到稳妥的照应——所以她希望你心里有她、心里有家（广义上，非狭义的房子），为此她会想尽办法去折腾和巩固这些捉摸不定又很容易失去的东西。

如果得不到这些，那么有什么能够让她感觉安心？只有那个曾经用自己的身体血肉乳汁供养长成的小小身子，安置着她的寄托与未来。

## 5

房子在我们的系统里面，需要承载的东西太多了，它被赋予的意义已经远远超过了简单的遮风挡雨功能，还承载着社会地位、身家财产、投资理财的功能。

所以完全可以理解，把一个想象中的孩子，或者没亲自照料过、彼此没有感情的孩子与男人辛苦攒下的现有财产做比较，有些人会给出选择房产的答案（对，仅仅是有些）。

但是对于一个未婚的女性，没吃过猪肉都见过猪跑，知道拿自己的身体去孕育一条生命的艰辛，对于这个自己创造的生命，就算没有实际的孩子，天性都足够让她下意识地去保护孩子，更何况是那些已经亲自孕育过孩子、把孩子当作心头肉的女性呢。

那么问题来了，我们为什么要把这本来就不冲突的过程，单独地去分开来考验，而不是尽可能地去珍惜我们已经被现实折腾得越来越单薄的感情，反而人为地去离间挑拨已经越来越脆弱的男女关系？

房子能打拼的一起打拼，对很多女性来说，只要你愿意给她一份忠诚靠谱的感情，没房子她也愿意跟你，一起奋斗供房贷。

孩子是妈妈生的没错，但每个深夜闭着眼摸黑起床冲奶粉的爸爸，仍然没有忘记小心翼翼地在手背处滴下一滴奶测试一下温度。

维系着我们生命线，又让我们活得有滋有味的，虽然俗气但是还是旧三件——爱、忠诚、努力。

还是祝愿我们此生能合作愉快，左手房子，右手孩子，相爱相杀，至死方休。

## » 我妈不喜欢你家那条狗

一般来说，我很少谈情论爱并就此作文，因为觉得去探讨意义并不是很大。

关于一个人对你是否有好感、爱不爱你、对你好不好，只需要相信你的直觉就好，不需要那么多的条条框框来对照判断这个爱情是否是个合格品。

但我有其他的见解。

### 1

苦苦求而不得的阿晔跑来向我讨教异地恋攻略，问应该怎样才能让两个人在异地的情况下，半年后还能够在一起，不产生情变事故。

我惊奇地道："才异地半年，就能让你担心得辗转反侧？"

他说："我怕，我以前就是因为异地恋分手的。你看看那么多异地恋都没有好结果，现在我都有异地恋恐惧症了。"

"那怕有用吗？如果有用就多怕一下好了……"

"我真不是一个好人……"

此话一出，半晌无语。

想了又想，我和他说：如果两个人眼里只有对方，而且知道一定会在一起，不作他想，什么年龄性别物种时空，都能跨越，更何况只是短暂的时间空间距离……

阿晔只给我一个要哭的表情。

想爱，就一个理由；不想爱，理由太多了，包括我妈不喜欢你家那条狗。

## 2

我再这样瞎扯言语虐待他，估计阿晔就不能和我愉快地玩耍了。

所以我收起了不正经，告诉他一件一般人我不告诉的事情——

请你用半年的时间，去反复问自己三个问题。

第一个问题：你和他在一起，是不是在赌气？

这是很少有人会注意到的一个问题，赌气的方式千差万别：

有的人是为了证明自己的魅力；

有的人是为了和父母对抗；

有的人是为了攀比，比如为了面子和虚荣心……

可是爱情本来就是一个无辜的孩子，你强加了那么多东西给它，当它扭曲得你无法控制的时候，又怎么能说它不是个东西呢？

这个问题需要在深夜，反复拷打自己的内心，直面真实的自己，直到取得压倒性的胜利，你才能够斩钉截铁地回答说：“不是！”

## 3

第二个问题：你是不是真的爱他？

据我所知，问出这个问题后，能够不假思索毫不犹豫点头的人，真的不多。

如果还在校园里面的，比例会高点，因为目的动机都简单，大家的心很容易就被对方的长相、成绩和好脾气填满。

但当我们长大了，认真起来不要流氓的时候，我们以结婚为目的恋爱，评估的内容太多，是不是真的爱似乎没有那么重要了。

能和平相处，很多人已经想烧高香了。

我曾说过啊：如果没有感情，你抵不过婚姻里面单调重复的流年。

此问题适合在什么情况下问自己呢？

在对方惹你生气后，当时你暴怒得想把他大卸八块的情况下，隔天心里还是一软，忽然又觉得自己也不是没有错，对方也给了梯子，你就别继续挂着不给面子了，爬下来后，答案自然呈现。

## 4

第三个问题：没有他，会不会很难过？

当你前面两个问题已经过关了，但他依旧可以被其他人和事取代，你依然告诉自己，没有谁非谁不可时，那这个问题就不需要再问了，因为你爱自己比较多，又或者，你已经害怕那种毫无保留的付出，怕受伤，怕失去，怕难过，怕到你自己都怀疑这辈子会不会花光气力去找一个人来付出。

放开去爱，在你目前的阶段来说，是奢侈品。

猫咪狗狗会把肚子亮给信赖的人，你的软肋如果是他，那么抽走这根软肋，就会让你很痛苦。

那你只有去努力争取保住这根软肋，在你全身心追逐的过程当中，他不知不觉就已经在你手中。

退一万步来说，就算最后都没有一个结果，但你会发现，越是花光气力去爱的人，放下求之不得的感情，就越是决绝和干脆。

## *5*

这三个问题，只用于夜深人阑、举棋不定时，拷问自己的内心。

对的，以前我也用了半年的时间问过自己这三个问题。

你和他在一起，是不是在赌气？不是。

你是不是真的爱他？是的。

没有他，会不会很难过？很难过。

长命百岁不敌半世痛快！

这男人/女人我要定了！

那还想什么，无论如何干他一票！

## » 姑娘，这儿
## 有嫁人基本指标小结

我非一个一条龙顺利恋爱结婚生子的优秀模板，相反，我在这个过程中耗费的时间、经历的曲折颇多，所以很想为未婚未育的姑娘提供一些属于“过来人”的秘籍。以下是过去同事朋友们加个人几条考察对方条件的总结，写出来供姑娘参考，如有需要，自助选择性看看。

非必要！选择性！

非必要！选择性！

非必要！选择性！

大吼三声以示我已撇清关系，不担任何后果责任。

第一，年龄，师奶们建议嫁个大5岁以上的男人。

首先是因为心智相对成熟，可以多些包容心和对世事的理解；其次是已经有一定的经济基础；三是男人们比较耐老，等大家都到了四十岁左右，女人总比同龄的男人看起来老些，到时候你们就可以实现容貌的同步，但这点应该是很多女人都没有想过的。

此项里面，心智未与年龄同步发育的男人首先pass，30岁左右还经常抱怨自己怀才不遇的pass，喜欢年轻激情的女生请忽略此项，喜欢共同陪对方从白丁奋斗的也可以无视此项。

第二，工作，要清楚对方工作的利弊并接受，明确自己需求，同时不要抱怨。

很简单，他是个领固定工资的就要看到对方的安逸，他是个做销售的强手你就要知道他的出差应酬多诱惑也多，他是个商人你就不要常说商人重利轻别离。

大多数人眼里看到的经常都是自己没有的，张太李太孙太坐一起各自抱怨自己老公，然后不停地夸对方的丈夫。

人是爱比较的动物，参与讨论多了看得多了，心里不满了，回家和男人无理取闹也就多了，婚姻质量就下降了。

第三，对方父母（窃以为这是最重要的一项）。

总有要见家长的时候，多少女孩子因为爱屋及乌而忘记仔细考察对方父母，在生育后坐月子时哭过多少回。论坛上发帖哭诉自己当初没有考察清楚的人比比皆是，后悔莫及为时已晚，但生活不会因为你的眼泪而对你仁慈。

1. 父母双全。60岁左右不至于太老，能并愿意帮忙带小孩而且有正确的育儿观。这点非常重要！如非这样，那么就做好准备——要么你自己的职业发展会有阻滞，要么看着孩子被带成你不愿意看到的样子。

2. 最好对方父母有养老保险，有退休工资。说真的，我将来也会努力让自己不拖孩子的后腿。一个是自己的钱随意花，不用靠孩子良心给，一个是如果孩子是个普通人，赡养费会非常影响他的生活质量。

3. 建议姑娘去见家长的时候别太热切主动，矜持一点比较好，看看对方父母是如何对待你的，如果连女孩矜持点都受不了，你还指望月子里头，需要婆婆细碎伺候时她会对你客气？

不是每个长辈都会有长辈的风范，有的早已经退化成小孩了，老小孩则代表着固执且不体谅、顾及他人的感受。

第四，男人的一些基本原则（排名不分先后，根据实际情况而定）。

1. 是否愿意主动分摊家务，不做家务的话是否有其他行为替代，不要说我挣钱就是大爷，一副洗个碗就要了命的样子。

家务是最琐碎最无聊又最重要的东西。比如我是有轻微洁癖和整洁强迫症的，若是找个住垃圾堆都没有意见的男人，就等着某天因为他的臭袜子乱扔而拌嘴，进而发展到大吵大闹吧。

而且，生了小孩之后，你们就知道什么叫不停地干活也干不完了。喜欢和老人家住一起有爹娘操持家务的、大爷有钱随便请钟点工阿姨的，拜托你就别和我抬杠了。

2. 生活方式，有的人是浪漫主义，时不时来个红酒加牛排，送你的玫瑰要插瓶；有的是实用主义，喜欢向日葵因为又能看还能吃。当然，这是往大方向上说的。

于小处见真章的，真有人因为牙膏是从下面循规蹈矩地挤还是狂野随意来一发闹到离婚的。

3. 忠诚。这个不必多说，一次不忠百次不用，婚前原谅婚后别哭。

4. 有幽默感或者坦诚，小事一笑了之，或者可以直接说出来不要隔夜发酵。

5. 不会动不动就把事情上纲上线。你用自己的钱买瓶水喝他就骂你不节俭不顾家、和公公婆婆有点不快就说你是不忠不孝父母没教养好你之类的，这种男朋友快扔掉别留着过年。

6. 理智自律，能控制住自己。

7. 经济。不是说需要对方多有钱，够用就好。不要让你婚后吃水果只能挑水果店处理的买、九块九包邮是常态就好，要是你结婚后还不如结婚前，何必呢？

第五，非姑娘必修项目（看看算了，有些我也做不到）。

1. 独立，有自己的思想，有自己的见地和态度，有安身立命自食其力的能力。

2. 不要妄图去改造一个男人，他本来是什么样子的就让他是什么样子，自发的改变才是真正的改变。

3. 这个男人有什么缺点有什么优点你要清楚，因为优点你选中了他，那么他的缺点你也要包容。没有缺点的人是可怕的，套用时下的话，那他必须是个gay。

# 情感里有把 ››<br>深埋的刀，叫付出成瘾

*1*

“我想分手。”

“我想离婚。”

很久没有对话的朋友一句“在吗”之后，就砸过来以上任意一句话。作为一个称职老树洞的我，如果有空，就会回复她们最爱的三个字：“为什么？”由此便可开启批量吐槽模式。

其实完整地听下来，大致都是对方各种匪夷所思的行径，对方简直就像对仇人而不是枕边人的态度，自己很苦很痛很累，对方却不为所动；本来手握一把好牌怎么会选了他，把生活这牌局打得稀烂……如今想开了，得分手/离婚。你觉得我应该怎么办?

一般很多小姐妹会听得义愤填膺，这臭男人给脸不要脸，难道咱的感情和付出都喂了狗了，果断分！果断离!

而我的重点一般会放在感慨她付出的那部分辛苦和不容易上面，最后会说一句：“如果没有出现什么大的原则性问题，就好好沟通一下再做决定吧。”

实际上，你会发现她们一般不会分手或者离婚，过段时间，她们会再来吐槽一次。真把这件事情干了的狠角色，都是时过境迁才

会冷冷一笑："老妈不陪他玩了。"

## 2

阿华是一个标准的二十四孝男友，听完他和女朋友的5年情史后，我的嘴巴合不拢了。

读书的时候因为家里给的生活费有限，他努力开源赚钱，因为勤快又有经济头脑，在读大学期间就经常可以带着女朋友出入高级西餐厅音乐厅，可以送给女朋友很贵的礼物。

工作以后，他自己穿着五十块钱的鞋子，但可以攒钱给她买名牌包包，在那个全世界剁手日，他双手奉上自己一个月的工资以供女朋友剁得尽兴。

但女朋友各种矫情、各种不体谅、各种闹别扭，最后在买房子准备结婚的时候，以分手告终。

且先不感叹女朋友怎么这么渣，也先别说阿华很傻很不值当，从他不停顿地和我历数他的心血付出里面，我看到了一个付出成瘾的人，是如何把自己交到他人手上受尽伤害而不自知的。

每个喜欢向别人诉说自己在爱情里面付出巨大又被辜负得多深的人，心里都住着一个祥林嫂，下意识地都希望得到一句"这不是你的错，这是对方不珍惜，是他错过了你"，由此获得一次又一次站在情感道德制高点上的满足感。

而且这玩意儿会上瘾，因为它潜藏着的一个信息就是——我没错。

在证明自己属于正义一方这点上，太多人没能够免俗。

## 3

琳琳从毕业开始工作的时候就负担着阿志的伙食零花费用，原因是阿志家道中落，妈妈没有工作，爸爸赚的钱不够家用，家里妹妹又要上大学，寄钱回去也是应当的。他也不容易，而且对琳琳挺专一的，更是包洗衣服包洗碗。

他想要什么，她就会想办法买给他，即使是需要向同事借钱来度过发工资前的那几天。但是她心中总是隐隐有些不舒服，然而下一次他说想要什么，她依然会买给他，直到某天他对她说了一句话："琳琳你对我真好啊！"

鬼使神差地，她回答了一句话："那是因为，如果将来有天和你分手的时候，我心里不会愧疚啊。"说完，她自己都吓呆了。还好阿志比较钝，她笑闹着就过去了。

当这种不对称的付出负荷到了一个临界点的时候，分手都会分得旁人觉得莫名其妙。阿志到处痛诉琳琳看不到自己多爱她多顺从她却被分手；琳琳也和亲近的人说自己受够了这样的日子。

后来谈起为什么会说出那句话的时候，她和我说，也许我早就想和他分手了，只是为了减轻自己心里的愧疚感，所以才不停地用各种付出，来逃避主动分手会承担的不好评价。

所以有的人已经想分手，却拖着不做最先说分手的那个，故意等着对方忍受不了冷漠而提出分手，也是害怕做不道德的一方，却美其名曰把分手交到对方手上让其少受点伤害。

对比用这种恶心的分手方式，宠坏放纵对方，减少自己主动分手时候的愧疚，似乎不过是方式上的区别而已，目的依然是，站在道德的制高点上说："看，这可不能怪我。"

### *4*

适量的愧疚感埋在了有爱的人心里，能带来感动，增加感情的丰度，这也是爱情的迷人之处，就是心甘情愿地献祭自己成全对方。

但爱如果长期被大量歉意填充，欠着情意的人和施加的一方，都会有不同程度的心理压力，一方下意识想逃，而另一方，你们都知道了。

许多一脚踏两船的男人经常会说：我和她已经没有感情了，但她很好，我对不起她，我不能和她分手……

不是说渣就是对的，而是说，有时候，渣男也是很多人培养出来的。

一个跋扈的小孩，背后一定有一个放纵而溺爱的监护人；而作女渣男的背后，也有很多没有明白过来的小伙子姑娘。

如果你能明白不去把牺牲自己成全他人作为生活的要义，怎么可能会到最后放任对方伤害你已经成为家常便饭呢？即使一开始被蒙蔽，但后面的及时止损，也能够避免更大的伤痛啊。

我们真心应该警惕自己不要被没有意义的付出快感所控制，守着一段关系空壳，余生里把自己耗成了痴男怨妇啊。

最后，我把这个道理告诉一个长期被女朋友各种管控的男生，他想了下回答我：“人是有弱点的，我明知不对，但难敌我愿意啊！”

# 生活再烦恼，也别伤害自己的爱人 »

先翻开标题牌底，第一句叫：“你不就是嫌我穷嘛！”第二句叫：“不就是结个婚吗？”

虽然后者没有前者来得伤人，但如果将两者组合在一起，不但杀伤力成倍上升，能生生把对方逼死，把自己开脱于外，还能够深层次地凸显说话的人幼稚和无知，简直是最佳搭配。

## 1

承蒙这些年许多网文作者的教化解读，大家都知道“你不就是嫌我穷”是一个男人经常对一个女孩子主动提出分手后最有力的反击。

使用此技能的时候一定还要带着深深的鄙视，眼眶带红，若是能在夜里熙熙攘攘的路边大排档里吼出来效果加分。

一般来说女孩子根本承受不住这样一击，因为嫌贫爱富这个大帽子一旦扣上，在抢占道德制高点上就一定会输，这样就可以给她的心灵留下一记稳准狠的耳光。

然后被甩的人在和兄弟喝得醉醺醺的时候就可以发誓：我一定要有钱，将来把一沓钱甩她脸上去，让她悔青肠子！兄弟们，苟富贵勿相忘！

而实际上，不讲小概率事件，以后的发展，大家心照不宣，该是什么样儿，也就是那个样儿。

等到能在多年后顿悟自己对不起那个被自己一刀砍翻在地的女孩子的时候，估计是他已经有了个心肝宝贝女儿。

## 2

“不就是结个婚吗？”这句话常见于年轻的小伙子。

受社会生育率低迷的影响，据说现在有的地方连结婚证象征着“久”的9块钱工本费都不收了，而且手续也越来越简化，只要你有户口本身份证，挑个人少的日子，填表，象征性地咨询几句，半小时不到，鲜红的两个本子就送到手中了。

连以前给男女青年们造成重大心理压力的婚检，都不需要了。

阿橘喜滋滋地和小自己5岁的男朋友领了结婚证，一圈蜜月旅行回来后，生活开始走入正常化，因为体恤他经济条件一般，他们没有举行结婚仪式。

能够在法律上和他成为夫妻，她觉得很满足。

但当她提出要带着礼物去拜访他父母的时候，小丈夫支支吾吾地说，他的爸妈只知道他们是情侣关系，并不知道他们其实已经在法律上建立了夫妻关系。

震惊的阿橘和父母同时诘问他，但他也只是觉得，不就是结婚吗？我已经满足你的要求了！阿橘痛心疾首地问他：“那么请问你，在我家吃住这么久，你买过一桶油还是一包米？你知道什么是结婚吗？”

故事是真的，如果整个故事讲完，足以拍出一部四十集的TVB电视剧。当年的某乒乓球名将，不还公开说了一句“摆酒席不就是结婚了吗”，让一众人等哭笑不得。

## 3

感谢网络的发达，现在大家都懂得，提起结婚要先问彩礼、房子。

但不是每个人都把这个作为刚需，彩礼可以走个形式又回到婆家，房子可以先租着住，那么我们就要来探讨一下婚姻中最重要的基石——责任。

什么是婚姻里面的责任？

作为男人，对内感情上让老婆心安，在外及时报备，回家主动帮忙做家务；对外和岳父母搞好关系，逢年过节做好礼节；和一众亲戚搞好外交，指不定什么时候就派上用场；得想办法攒钱理财为小家庭做好各种储备，平衡工作和家庭私人的时间，抚育孩子……

作为女人，就算是打拼在外，也要体恤丈夫的不容易，在家里尽责；对外要搞好首要的婆媳关系，七大姑八大姨都打点到位，兼顾自己的父母；做好家庭的各种规划；同时你还要为养育一个小生命做好各种烦琐的准备……

这些都只是大概的婚姻运营常识，一个良好的婚姻关系，是夫妻均衡的对彼此负责的态度的最大回报，而美满稳定的家庭生态圈，可以助益对方事业，对孩子的影响久远，让双方家长都心安，都是不需要细讲的好处。

所以上个故事里面的男主人公，或者说千千万万个对结婚一事不以为然，以为结婚不过扯证了事的小姑娘小伙子们，根本还扛不动这沉重而又常常要违背自己习性的担子，许许多多的争执，就是因为心智不成熟责任不到位所致。

一个连球鞋都要自己的女朋友去借钱来买，又背着她去和同事借钱，心里对自己的未来和另一半的辛苦付出没有疼惜之心的人，就算是家里人已经给他买了房，里子也没有多大变化，确实也不值得托付终身。

## 4

所以这两句话组合在一起，作为战斗力升级到MAX的重磅武器，既可以凸显女孩子的嫌贫爱富，心眼里头不再有真爱，同时还能尖锐地指出，你急着套牢我进婚姻这个坟墓，我不答应你便恼羞成怒。总算看透你的虚荣虚伪的内心，我瞎了眼了！

且让我们拜谢君当年的不娶之恩吧。

懵懂少女时，听一位发小的妈妈教导她：要爱那个有十块钱给她九块钱的，不要跟那个有一万块钱给你一千块钱的。解释是一个人愿意给你所有才是真爱，有一万块给你一千块的人太自私不能要。

后来反过来想想，贫贱夫妻百事哀，十块钱会饿死，一千块钱不见得不是真爱，给你一千块的人，他自己留一千块，其他八千块作为发展基金，这就不是真爱？这就是自私吗？这就不是妥妥的幸福安康？

父母给我们灌下的这种模糊的大概念毒鸡汤，扭曲了多少人的爱情观！

莫欺少年穷，是我们看到了他必定不会仅限于此的品质，给予的尊重；

莫欺女儿傻，当姑娘醒悟过来的时候，也就是你毫无挽回余地的时刻。

# 最怕 ››
# 她只是路过

## 1

“每个遇事神色淡定的人，都是曾经提刀上过战场，杀敌无数，倒下又挣扎着活下来后，长出铠甲护住要害的人。虽然还是会受伤，也一样会难过会痛，只是未伤及根本，痊愈得快点而已。”

说这话的时候，我正在微信上简单安慰着排队失恋的人以及辗转难眠的人。我这个老树洞做得太有口碑，业务繁忙。

茄君燃着一根烟，烟灰两厘米，他手不动，烟灰未落。一呼一吸间，烧烤档子喧嚣的背景衬得他如一部最文艺的静默短片，懂的人看出最心酸的落寞。清洁大妈不解风情，拿着扫把等待丢弃的烟蒂。

“大腿也有致命伤啊，大动脉。”周围依旧喧嚣，他讲完这句话后，烟灰终于掉了，夏风一吹，匿入一地油污。

是什么支撑我在夏夜闷热的天气里头，在十一点的深夜，放弃空调凉席wifi电影，坐在街头吃着原材料可疑的烧烤，听一个和背景深度格格不入的抽烟男的自述剖白？

茄君是我刚刚进大学就一起蹲在广场上等校车的兄弟，他失修多年的感情老房子着火了。虽然救不及，但坐下来看一地灰烬，也是一种诗意的情怀。

## 2

一年多前，茄君捡回了一只动物投放进自己的小出租屋，种类叫失恋不久的女人，且取名叫米糕吧。这种事情他确实干得出来，我不惊讶。

理由很简单，他有张木的子母床，下面一米二宽，上面一米宽，近期且一段时间内不会有女朋友。

米糕乍一进门就被垃圾场一样的直男十几平方米的单人房惊呆了，也被茄君浓烈的个人风味熏得忘记了乍然单身的忧愁，她转身就抓住他的衣领问：“你是如何每天人模狗样地去上班的？”

说归说，感冒的茄君爬到上铺，把宽敞的下铺留给了米糕，闭上眼马上就睡着了。虽然孤男寡女共处一室，但他甚至连一点迤逦的幻想都没生长过，真的。

第二天早上生物钟唤醒了他，他轻手轻脚地洗刷，出门前，看了一眼裹在薄被里面睡得正沉的她，小小的脸搁在披散起伏的黑发上，像温柔的水波纹里微微荡漾的落叶。

其实没有多大的感觉，茄君有个优点，就是不贪心、不觊觎。

他用钥匙悄悄关上家门，一同关上的，还有不动声色不愿被扰乱的心思。

## 3

一天的工作，与往日并无区别，快下班的时候，微信发来了一句话：“你早点回来，好饿。”

有人等你回去，这种感觉对玩心重的人是个负担，对顾家的人是种期待。对茄君来说却是一种新奇的感觉，像被毛茸茸的猫尾巴扫了一下下巴，似无若有，只被皮肤记住。

门一打开，他吓得马上又关上门。

不是米糕赤身裸体，而是他以为走错房间了，但又马上反应过来，自己用钥匙开的门。

干净，整齐，宽敞，带着幽香，还有穿着睡衣笑嘻嘻的米糕，戴着橡胶手套拎着刷厕所的刷子探出头："回来啦？快把门口那一麻袋没有用的垃圾扔掉啦，我刷完厕所就一起吃饭。"

每个物件都是那么熟悉，但又是那么陌生，站在屋子中间，他有点手足无措。

"你知道吗？她在害我。"茄君认真地和我说，"就让我的房间还和垃圾场一样不就好了吗？"

漂泊流浪的人会害怕承诺。茄君不是害怕米糕把他捞入网，而是他心里清楚，他甩着尾巴示意米糕来捞，她都不会对他探出网兜。

茄君深知无论从外表、家庭条件还是能力来说他都很平凡，唯一拿得出手的优点就是脾气好。

虽然认识米糕的时间比我长，但她在茄君的时间轴里犹如诈尸，一两年复活一两次，来与走，完全无迹可寻。

对于这种完全整容式的清洁房间，米糕夹给茄君一块肉并解释："像扔掉和渣男分手的坏心情一样，好爽！累死了，晚上你要给我捶腿！"

## *4*

第二步杀招，就是米糕做饭了，做饭了，做饭了！

接过茄君的电脑包，她给他添了饭，装了汤，喊他洗手吃饭。

"你还有做饭这种技能？肯定很难吃。"米糕不为所动，犹如胜券在握的军师，淡漠又神秘地一笑："吃！"

粟米胡萝卜排骨汤、爆炒香菇芥蓝、白灼虾、沙茶花甲，每道菜都比自己妈妈做的好吃。哗啦啦的水流都掩饰不住他的心慌，他叼着的香烟，自顾自燃掉一节，烟灰掉落，被水一冲，和着泡沫滑进下水道。

饭后他和米糕出去散步，她那么自然地挽着他的手臂一晃一悠的。他们还遇到了几个住在附近的单身狗同事，他们向他投来意味深长的眼光，和"哎哟女朋友好漂亮"的油腔。米糕笑得甜腻腻的，配合得很出色，让人哭笑不得。

这么好的女孩子，怎么会被抛弃？

几天之后，俩人已经习惯在睡前进行卧谈。茄君小心翼翼地问了一句，下铺米糕冷冷的声音传来："抛弃，什么时候轮到我被抛弃过？"

有种人就是活得肆意，比如她裹着行李而来，不由分说地把他的垃圾场改造一番，然后理直气壮地把他电脑里面的爱情动作小电影删除掉一百多个G，让他惊魂未定地被动地看着她；她还在他上班的时候杀入他的脑海——夜市橘黄的灯光下，她挽着他的手臂，脸上挂着甜腻腻的笑容。

## 5

有的人就是安全意识不够，拖线板没买好，埋线没埋好，保险丝太粗，神经太大条，连发生危险都毫无察觉。

这样的日子过了半个月。在茄君吃了十来顿米糕亲手做的饭、煲的可乐姜汤，夜里咳嗽递过来的温水和止咳糖浆，轧过几条马路和夜市后，米糕开始收拾行李。

"要走？"

"嗯，今天出门买了车票，我得离开这个城市。"

"会有人接你吗？"

"有。"

"好。"

洗碗的时候，米糕从后面抱住他："茄君，你今年回家，是不是就会相亲结婚了？"

"也许会。"烟灰又掉下来了，落在他的手背上，他逐渐感到背上热热的，一动又凉凉的湿湿的。

她在默默地流眼泪。他慢慢地把碗洗好，码到旁边新买的沥水架上，又走进洗手间，打开热水拧了一条热毛巾给她。米糕就这样抱着他亦步亦趋。

"不哭了，以后照顾好自己。"四目相对的时候，米糕收住了眼泪。

谢谢你这些天给我的好，只是我知道你哭，都不是因为我，如果我开口叫你算了不走了，两个人会犯尴尬。这不是小说，你是个寡凉又现实的人，后路都铺好了，才会这么肆无忌惮。

他看过她笑语晏晏地打电话，他这里不过是个中转站。

米糕做的一切，是因为她是个无论在哪里，都会让自己过得舒服点的人。茄君是个可靠而且不僭越的人，她并不吝啬技艺全开，回报他短时间收留的善意。

只是她以为，她一直以为，她一厢情愿地以为，她只是路过。

最怕她只是路过，你也以为只是路过，但她丢了个没有掐灭的烟蒂，她的不负责让你仅有的身家财产付之一炬。你却知道，不怪她，谁让你甘心被烧光呢？

## 6

“所有不动声色地看着自己在感情里头心痛、落寞、难堪的人，都是勇士。”我又发出了一段话，并念给他听，像给他念哀悼词。

他又点了一根烟，燃给从此杳无音信的米糕。她大概是真的过得很好吧，所以两三年过去了，再也没有人理直气壮地打通他的电话：“喂！我失恋了，我要去你那里住一段时间……你没有女朋友吧？”“没有啊，过来吧。”

茄君去年已回老家，相亲成婚，今年已经抱得儿子，皆大欢喜。

有什么心事，不都是会在时间的吹蚀里，燃尽了一点猩红，又不留一点痕？

## 一辈子那么长，一辈子又那么短 »

### 1

重重的印章盖下，绒绒的心里也跟着咯噔一声，似突然被狠捏一把马上又放开，先是错愕之后才是痛。随后她又苦笑，这场战斗，她已经赢了，应该伴随着解脱的欢喜才对。

身边的那个人，低着头拨弄着背包上的拉链扣，一语不发，直到办事的人员递过来两个红本子。

暗红，凝结着血液的颜色，据说以前是绿色的，代表未来继续畅通无阻。

绒绒想，这个简单地剪断了一段婚姻的证明，应该是代表着红色的警戒灯，此路再也不通，DO NOT ACROSS。

接近两年的潦草婚姻，还是没能将就下来，她已经拼命把自己像一个球一样压进水里，但诸多的无法磨合、磕磕绊绊、厌恶情绪都在不断地往球里面打气，直到她自己明白，松手远比压一辈子容易得多。

于是她开始松手，经过大半年的争吵，摊牌，谈判，告知双方父母，到他的各种反复求饶，挽回，绒绒都明确地告知他，胶着的状态只能是浪费时间，她的心意决绝得近乎不通情理，决绝到自己的父母开口骂她，她都不为所动。

女人的隐忍是长期的，决绝起来却让人错愕：不都好好的吗？不都是这么过来的吗？

## 2

打证容易，户口本身份证两张表两张相片，办事员笑嘻嘻地说着恭喜，你还可以奉上糖果香烟。

换证困难，从早上到下午，倒像是绒绒和他在反复说服办事员证明他们的感情已经破裂，无财产分割问题、无债务分摊问题、无子女监护权问题，只求大爷您发发善心给我们换证吧！

据说武汉某地为了阻止离婚，办事员谎称打印机坏了，一年里头挽回了几百对处于婚姻崩溃边缘的人。

绒绒并没有哭求，只是冷漠地一遍遍告诉办事员，下午她还要赶车，请假回来一趟不容易。错过车辆和错配了一个人，麻烦的大小重要性在她看来差不多，所以不希望办事员先生让她两件事情都落空，这对她造成的直接经济损失也很巨大。

旁边那个人依旧一言不发，看着她那么冷漠又坚定地反复陈述着那一两句话，一时恍神：这个陌生的可怕的女人，自己之前怎么会觉得她是个温柔和顺的性子？

“你似乎从来不知道我是什么样的人。”他想起绒绒在最后一次争吵中，对他冷笑着轻蔑地丢出这句话。

就像和客户对峙一样，也像和他长达半年的冷战一样，绒绒还是赢了，办事员最后长叹一声，终于不再用小伎俩为难他们，用十分钟利索地办好了所有手续。

两个人都拿起手机看了一眼时间，同时松了一口气。

## 3

“我送你到车站去？”

“不需要了。”绒绒又拿起手机看了一眼，脸上有掩饰不住的疲惫，但颇为松快，这种松快在他看来刺眼无比，但锥心的事多了去了，在几乎麻木的情况下，他无力地看着这个在法律上已经与他毫无关系的女人厌烦他到透顶的样子。

他终于放手，但换不来原谅，变成了陌生人都不是的一个符号——前夫。

绒绒扬手叫了一辆的士，对他挤出一个客气而标准的笑容：“没事我就先走了。”车门清脆的声响像一记重拳打在他的心上，继而车子带着她绝尘而去，离开他的生活。

眼泪流了出来，越流越多，越流越凶，以至于眼镜片都哭花了。他捂着脸蹲在地上，顾不上有没有人看他，无声地抽噎，直到路边摊上的一个大叔过来拍拍他，递给他几张粗糙的纸巾。

“小伙子啊，这个地方附近啊，你这样的人啦事啦，我看过很多啦。放心吧，你还有回到这里的时候，下次登记结婚的那天，一定要欢欢喜喜地来，然后就不要再来啦。”大叔又坐回自己的水果摊边，不再看他，或者说，不再打扰了。

他终于艰难地站了起来，用纸巾胡乱地擤了一下鼻子，向大叔点点头，快步离开。

## 4

两个人本来就是异地生活，婚姻的解体并没有对他们造成很大的影响，现在的生活节奏很快，很少有人会关心你的私生活。绒绒打算年后跳个槽，让自己的职业生涯更上一层楼，也有把周边一拨人换掉、把环境换掉的深层想法。

这半年来，她省下双城生活来回奔波的时间，用来锻炼身体，用来给自己充电，用来加班，把自己的时间空隙都塞得满满的，她有足够的信心拿到更好的薪水。生活在低谷的时候，打些鸡血再干点实在的事情是最好的良药，让自己看起来明艳动人，才能弥补离异的瑕疵，再觅得良人。

漂亮话谁不会说，但现实就是现实，摊到自己身上的时候，总过得没有想象中漂亮。

这场短暂的婚姻让她明白，性格和三观都不合适的两个人，凑合在一起能把日子过成几辈子长——痛苦的几辈子那么漫长，可掌握在手里的只有一辈子，只能活短暂的一辈子。

她亦只有一个一生，不能慷慨地给予不爱的人。

放过自己，也不耽搁对方，想必他日后能够想通之时，也是对她心存感激之时。

## 5

“林工，周末去老婆那边啊？”身边的同事还是在每个周五例行和他打招呼，他笑着点点头。半年里，他早就已经习惯，周五出去买好两天的食材，然后在自己的房子里面闭门不出。

他想起自己曾经有过的幸福，是在每个周五晚上，或者周六早上，等着绒绒带着大包小包的东西过来他的城市度过两天，或者自己偶尔有空，过去探望她。

一般来说奔波的本该是男方，直到某天绒绒下车后，直接毫无形象地扶着路边的树吐了起来，他才知道，有时候他看见绒绒下车时满脸的不高兴，不是她不愿意过来，而是她会晕车。

有时候就算是两个人相处的时间，绒绒依旧在工作，电话一个接着一个，他开始疑心她是不是出轨，偷偷翻查她的电脑和手机，一次又一次。直到绒绒某天发现后发脾气，他仍像中毒一样想找到什么蛛丝马迹。后来他也就习惯了翻查、习惯了查岗，他甚至认为绒绒应该配合他。

绒绒有时候做完饭犯懒，就把碗一推，一般他会洗碗。但某天他加班回来，发现碗筷还在水槽里面堆着，发一通火，绒绒每次就会在吃完饭后洗了碗，他以为是她开始懂得体恤人了。

他觉得绒绒不懂理财、花钱随性，看到她买乱七八糟的小玩意就来气。从小的家庭教育让他学会了精打细算，钱要花在刀刃上，可怎么教她都不懂，为此他们没少争吵，他坚持自己是对的。直到现在想想，他和她逛街的次数少得可怜，他一直以为她是懂事的人，

甚至后来当绒绒越来越冷漠的时候，他指责她变心，把她说哭了都无动于衷。

他觉得，他认为，他想……这段婚姻里，一直都是他自己在揣度所有。在每个辗转难眠的深夜细细反刍，他才发现自己的种种行径的恶劣恐怖之处，想来绒绒的死心，是日积月累的。

## 6

离婚半年后，绒绒在深夜里接到一个哭泣的电话，她几乎忘记这个电话号码了，听完近乎告解的忏悔后，他终于说出了自己的请求：复婚。

电话里面只剩两个人的呼吸，一个人在等另一个人的再次宣判。

绒绒闭了闭眼，她很困，并不想理会对方这种近乎无赖的行径。都这种局面了，他还困着自己不放，还以为原来的人才是解药。他放不下的不是过往，而是自己的面子。他爱自己的程度应该比爱她高，偏偏他不自知还自认痴情。

他依旧没懂，人的一辈子太长，所以才必须找个人来消磨光阴；而人的一辈子又是那么短，世事如白云苍狗白驹过隙，只想有个合适的人、有个开心点的生活，才不枉来这人世间一趟。

她只说了一句话："复婚是不可能的，你应该知道我的性格，希望你不要为了面子，一直隐瞒自己已经离婚的事实，你还是可以找到合适的人的，祝好。"

冷漠的电话忙音让他终于彻底放弃了最后一点希冀。

"我已经单身很久了。"在朋友圈发布一条消息后，虽然无人点赞无人留言，但信息马上爆炸了。他鼓足勇气，点开信息，逐一回复。

重新开始，其实也没有想象中那么困难。

# Part 4

## 世间的伤痛
## 终被时光锻造成钢

»

## » 如果还是恨，它的反面就是爱

### 1

割开左手静脉的时候，冯依心头掠过阵阵的快感，肉体的刺痛感，平衡了因为过度心痛而生出的虚无感，让她一下子清醒过来。

对，要在死去之前给那个负心的渣男打个电话，让他看看这一大摊血迹，让他看看垂死的自己，再对他说上一句“我恨你，我绝对不会原谅你”，这样就能让他一辈子都记住自己，一辈子想起来都于心不安。

光是想想就痛快。

于是她给他发了一条信息，安静地看着自己暗红的血缓缓地染红了浴缸的水，一缕缕地荡开，并慢慢沉落到缸底……

刺痛感开始消失，她的头有点晕，哭了一早上的眼睛睁开有点艰涩。她看了一眼手机，估计他把自己的信息设置为免打扰了吧，那就让他晚上回家的时候，看到一具尸体好了。

因为昨晚睡得不好，早上又哭得太多，加上失血，她慢慢地进入了半昏迷状态。

砰的一声巨响，门被大力推开，然后急促的脚步声传来，一个高大的身影冲进了浴室，看到眼前情况的时候，大吼一声：“冯依你这个神经病！你这个疯子！”然后一把揪起她的衣领冲着她就是几个耳刮子，“你要死别死在这里啊，你死了房东这房子还租得出去吗？要死也别拖累别人！”

然后把她一把扔到瓷砖地上，开始打120，打完电话才找东西勒住她的手腕。

## 2

几年过去了，每当想起这一幕，冯依仍然感受到当时彻底寒心的感觉。她独自躺在冰冷的瓷砖地上看着李钺那张狰狞扭曲的面孔时，终于明白过来，他是真的觉得她是一个累赘，她的死真的不会让他怜惜，只会让他更加厌烦。

对的，你连死都是错，当他不再爱你的时候。

彻底昏迷之前，她突然有种强烈的渴望生存下来的欲望，这种欲望比过去任何时候都强烈，她不想死，不想让自己就这么毫无尊严地死去。如果有时光机重回半个多小时之前，她自己要亲手扇自己的耳光。

她死死地揪住他的衣领，弄得李钺狼狈不堪又恨意大盛，护士和医生看他的眼神让他觉得人生从没有如此丢脸过，或者说，从两个人有裂痕开始，他就经常被她弄得狼狈不堪，不管如何，这次她好起来后，一定要让她滚回自己老家去。

医生说因为发现及时，而且割得也不是特别深，缝个几针后包扎一下，再输点营养液，观察个一两天就能出院了，只是——“去看看心理医生吧，如果病人一心求死的话，我们是拦不住的，只有进行心理疏导，才能让病人好好地活下去。”

李钺答应了，回到冯依的病床前，拿出手机玩游戏，然后低声说：“这个月的全勤奖又泡汤了。”没有睁眼的冯依听到了，但她没有睁开眼破口大骂，她心里想着：“真好，我还活着。”

还有比这个更重要的事情吗？

## 3

“掌柜的，我觉得你挺有趣的，聊一下呗？”李钺给冯依发了一条消息。

旺旺清脆的叮咚声响起，虽然并不是生意，但攀谈就有机会推荐自己店里的宝贝，冯依和他慢慢地聊了起来。

李钺是一名研三的学生，冯依虽然比他大三岁，对他却没有任何的隔阂感，反而觉得李钺的思想更为成熟一些，这个发现让冯依慢慢地愿意和他讲很多自己的故事，到后来日以继夜地诉说。

作为一个被父母牢牢控制在手的乖小孩，不拿第一名妈妈就会打她，甚至到了高中偶尔她都还会挨打，讽刺责骂更是家常便饭；上大学后，妈妈又逼着她修了双学位，让她的大学时光毫无空隙谈恋爱；毕业后她进了一家外贸公司，很快就月入过万。

后来因为妈妈做的家庭自制食品很好吃，颇有商业头脑的她赶上了开店的红利期，店铺的成交量增长得很快，到后来她就索性辞了职，专门在家做电商。没过两年，他们就在市中心买了最好最大的房子，也成功地让家庭在家族中翻了身。

只可惜妈妈依旧没有放过对她的控制，大小细节的管控让她几乎发疯。她有空就在网上写很多碎碎念的日记。对了，她把自己的所有日记都发给了李钺看。

“小可怜，以后，你的人生由我包办吧，媳妇儿。”东北汉子一锤定音，让冯依感觉到了久违的幸福。

## 4

后来李钺在假期的时候专程跑了一趟她所在的城市，足足在她家待了一个星期，帮忙干活，学习打包，做店小二，忙里忙外，让冯依爸妈高兴得合不拢嘴，直说这孩子靠谱。

在毕业前夕，李钺又带冯依到帝都见了自己的爸妈。他的父母对冯依也甚是满意，给了厚重的见面礼。种种喜悦的心情之下，冯依交付了自己的第一次。

李钺后来无数次地说，真后悔自己带走了这个女孩子的第一次。

强烈的不安全感让冯依开始不停地索取爱，需要他各式各样的表示，只要他稍微一冷落，她就不依不饶闹个不停。毕业后找了一个销售工作的李钺，在冯依长达一年的精神纠缠之下，疲惫不堪。

在一次业务应酬中，他和小姐发生了关系，又在说不清道不明的感觉驱使下，和冯依坦白了。

“我真的没想到他会是这样的人，我觉得他好脏……太脏了，好恶心。”冯依当年在跟我打电话哭诉的时候，我正在拥挤喧嚣的火车站。这一年来她一出现情感危机就给我打电话，希望我当中间人调停。

我停了下来，捂住耳朵大声问她：“要不要分手？！”她说再想想，就挂了电话。

然而没过多久，李钺的电话就打进来了。

“这种事她都和你说吗？”他的声音略带讽刺。

“你想伤害她，大可不必用这种方式，提出分手就好。”我冷漠地回答，“你觉得自己是坦诚地征求她的原谅，但其实心里更加明白，那对她是一种接近毁灭的打击。如果用异地和男性需求作为借口，过得了这一次，可过不了下一次。”

李钺沉默了一会儿：“我实在忍受不了她这样怀疑猜测，我需要空间。”

“如果你因心生愧疚勉强，我并不看好这段感情继续发展。如果你还想努力，可以考虑让她到你现在工作的地方住一段时间。”想了一下，我还是这么建议了，毕竟他们没有住在一起。

## 5

冯依原谅他了，也到他工作的地方开始了新生活。那段时间她不能说特别高兴，但起码有事忙起来，她就没有想太多了。他们的年龄不小了，准备进入结婚程序。

事实证明，人生从来没有因为结婚就幸福快乐地生活在一起，更不会因为拿到一张名牌大学的毕业证就从此走上康庄大道。用精神上的仪式来确定以后一路的心安，本来就是一种虚妄。

不满足于租房的她，要求在这片寸土寸金的地方买房子，而且一定要新房。她要求李钺的父母必须拿出一笔钱，足够他们的首付，这样才够结婚的诚意。

我没出声，有时候当事人的欲望不是轻易就会被旁人的一句话改变的，她有时会和我说：“你不懂，他父母有钱，但就是不愿意给我们买房子，他们不够重视我。”这不像是在说服我，而像在说服她自己。

换句话说，其实她从来没有想过会和李钺分手。

不久之后，她发现了李钺用交友软件和公司附近的女生暧昧约会，而且不止一个，她简直惊呆了。她没有想到，其实物理距离的靠近，不但没能让两个人的关系裂痕有所修补，反而加速了破裂。

我有时候在想，他们两个人的性格实在是很难在一起的，因为他们两个是这么的相同，都想用一种最伤害对方的方式，逼对方开口说分手。

无论如何，李钺的心已经越走越远，这种认知开始让她恐慌。在她的想法里面，李钺应该是无条件包容和纵容她的小性子，然后两个人相爱相杀到老，她甚至已经准备和他要一个小孩了。

## 6

当我得知她自杀的消息时，事情已经过去半年了，她离开了这座城市，回到了爸爸妈妈身边。但是因为领过结婚证，李钺开始催她把法律程序走完，因为他已经有了新的女友。

“你知道吗，他用过我的钱，我都要叫他加倍偿还，轻易放过他也太便宜他了。”

“我宁愿现在拖死他，都不要以后想起来后悔。”

“他现在要赔给我二十万，他死活凑不够，我觉得真爽。”

“我买了一辆SUV，这是他一直想买却买不起的车，我馋死他……我天天发到处玩和跟朋友吃吃喝喝的照片和视频到朋友圈，我就是要让他看到我过得有多么舒坦……”

对话框里面一行行跳出的字让我默然，简单的安慰之后，我劝她放下。她愤怒地质问我，是否总是想要她服从我的意见。

心灵老树洞也有被灌满水后无力回天的时候，而且这几年我目睹了她所有的心路历程，细碎的账本太多，哪里还能去逐一厘清。如果这个恨不会过度消耗她，那就这么恨着吧，毕竟她仍然保留着对李钺的爱。

只是她知道两个人之间再无可能。

她走过很多国家，穿过很多异国的街头，而除了那一年的乍见之欢，她都毫无快乐之感，这实在只能算是自己给自己打造的一所囚笼。

世界很大，溶解了这么多的爱恨悲欢；世界又太小，两个人的聚散离合，穿透一生。

## 酒后出轨，可以被原谅吗？

*1*

《欲望都市》电影版第一部里面有个很有思考意义的问题。

米兰达的婚姻，因为史蒂文酒后乱性而亮起了红灯。因为怀疑起婚姻的存续意义，她和大先生说了一句话，导致了本来摇摆不定的大先生，在去教堂的路上落跑，让凯莉一时之间成为笑话。

米兰达平时忙于工作，和史蒂文疏于情感交流。史蒂文久未被满足的情欲在一次借酒浇愁之后释放，他和一个妓女发生了关系。清醒之后他自责不已，虽然不说妻子也不会知情，但愧疚一直折磨着他，最后还是忍不住相告。

米兰达的痛苦在于，她努力拼搏事业，一直都默认史蒂文是坚实的大后方，然而没想到他也会干出这种事情。这让她一时之间对婚姻的种种美好都产生了怀疑，然而这份原本美好踏实的过去，变成了反复折磨她的一个问题。

爱人的酒后出轨，可以被原谅吗？

## 2

电影是缩小版的生活，实际生活里出轨的案例比比皆是。枕边人，亲人，朋友……都有可能被出轨或者主动出轨，而且叛变感情的方式途径，随着社交媒体的发达，越来越多种多样了，甚至就算是我们自己，都难免在精神上开个小差。这种认知让我们既信不过人性，又恐慌，还带着愤怒与不甘。

朋友小莜是我见过的把自己折腾得特别惨烈的人。

异地恋的两个人，在开始的两年里面发展很好，甚至已经谈婚论嫁，她已经做好离开父母远嫁的所有准备。然而，在男朋友坦诚一次业务应酬酒后出轨后，一切都失控了。

小莜一开始受不了，准备分手，但实在太爱他，男朋友又一再解释只是身体需要，一时糊涂，加上众人劝说，最后决定原谅。

然而，小莜觉得男朋友脏，鄙夷他，又怀疑自己不够好，经常借小事发脾气。在后来三年的纠缠中，两个人虽然领了结婚证，也住到一起了，感情却到了岌岌可危的地步。一次，她查看他的手机，发现了社交软件上他和女孩子打情骂俏的记录，就在他上班的时候，割腕自杀了。

幸好那天他忘记了一个东西回家取，小莜幸好没出什么大事。因为长期被怀疑、道德感上的压抑、情感生活质量低下，也害怕她再次自杀让自己背上更沉重的心理负担，他坚决要求离婚。两人最终以离婚收场。

## 3

当“酒后”和“出轨”这两个词组合在一起的时候，就带出了一些微妙感。

酒后，它意味着释放出与平时完全不同的自我，有的人被酒精控制后情绪性格大变，做出与清醒状态时候完全不同的举措，多了一层身不由己的意味。

酒后出轨，是真的身不由己，还是事发之后的掩盖之词？这个问题会让一方踌躇不定，左右为难。一边是自己汩汩流血的心，一边是过去的种种恩爱，最后判决的天平摇摆不定。

有些选择哪里是旁人一句话——分与不分、原不原谅那么轻巧就能够做决定的！

失败的赌局重新下注，都带上了惊弓之鸟的心。

不管是不是酒后乱性，出轨对伴侣都带来了巨大的伤害，甚至两个人都陷入精神折磨，这本来就是个不应该埋下的情感炸弹。

## *4*

出轨，是个很有象征意味的词——原本应该按照常规的轨道安全行驶的状态，出现了隐患，一旦东窗事发，很容易就扼杀了感情、婚姻的存续，以及未来的种种可能性。

感情和婚姻的缔约，就默认了一个潜规则——忠诚和责任作为基石，在此之上，即使有矛盾冲突，不动摇到这个原则，都不会轻易让情感契约解体。但是一旦触及底线，崩塌的信任会迅速摧毁过去建立起来的一切。

王朔在《过把瘾就死》里面描绘这种感觉尤为毒辣到位：

不管怎么找借口，说好的往事绝不重提，原谅一切。但当两人共处一室，心里就会浮现："这个人背叛过我，这个我最在乎的人，曾在我心头上插了一把刀。"

就像童话中的两个贪心人挖地下的财宝，结果挖出一个人的骸骨，虽然迅速埋上了，甚至在上面种了树，栽了花，但都清楚地知道底下埋的是什么。看见树，看见花，想的却是地底下的那具骸骨。

所以，不管这个出轨是清醒状态还是混沌状态，能不能原谅已经不再是重点，重点是还能否相信彼此。

## 5

至于原谅不原谅，并没有硬性标准供你考量，一切决定于你能承担的选择后果是什么。

如果不能原谅，两个人就一拍两散，无话可说，重新再觅良人，只需要有彻底了断的勇气。

如果选择了原谅，出轨后的信任重建，像灾后的重建工作，任重道远，艰难无比。

第一，原谅不能成为要挟的筹码。

虽然受伤害的一方占据了道德制高点，然而用它来压制他人，就会变得咄咄逼人，成为压垮感情的大山。大度宽容是一种姿态，而不是交换对方承诺的筹码。

放弃这种念头，才能让后续生活和感情得到保证。

第二，从晕轮效应而进入循环证实，是最难受的过程。

受伤害方最容易出现的行为是怀疑对方依旧会出轨，忍不住会去捕捉各种蛛丝马迹，来验证自己的敏感直觉。而出轨方同时也很容易会产生对方怀疑自己的行为强化效应，这个时期，只能大家都尽量控制自己和体谅对方。

由于一方感情的偏失，导致对方的偏失，反过来又加强了一方偏失的程度，如此循环证实，势必陷入越来越深的偏见中去。

第三，统一双方的意愿，达成共识。

开诚公布地谈，双方达成共识，找出关系中隐藏的问题，采取改进措施。

影片中，史蒂文和米兰达去看了心理医生，最后她选择原谅，同时开始注意个人的形象，减少工作对家庭生活的影响，享受性爱等。这是她做出的努力，并不是光靠史蒂文一个人的补偿行为就能够修补这段关系的。

比起不去原谅的决绝，原谅一个人需要付出更多的耐心和信心。

第四，原谅不值得原谅的人没有意义。

你的原谅却没有换来珍惜，对方仍旧一再出轨，把伤害你、违背契约当成了家常便饭。那么就不要再把你们之间还有感情、还有责任、还有孩子……作为原谅和挽回的借口了。

这世人世事，不过如人饮水，冷暖自知。

文章来源：【初心客厅】

## 若此生无缘，也愿你一路都好

### *1*

“你还记得小韦吗？”放假在老家，有一天午后闲聊的时候，二姨妈和我妈各种八卦趣事聊得如火如荼，我正听得津津有味，二姨妈突然回头问了我一句。

小韦和我们家的关系并不是特别的亲，但是小时候我们一起玩过一段时间，知道他是个很朴实又可爱的男孩子。我点点头：“记得啊，他结婚了没有？有小孩了吧？”二十多岁的小伙子，在我们老家，有两三个孩子是很正常的事情。

“哪里啊，现在都变成半个精神病了。”二姨撇了撇嘴。

事情是这样的，小韦在两年前认识了一个女孩子，两个人处得非常好，准备谈婚论嫁的时候需要经过最后一关，那就是合生辰八字，小韦就把八字交给女孩子让未来的岳父母去找算命先生合八字。

结果找了两三个算命先生，都说这个姻缘不太好，这让本来已经准备操办婚礼的小韦一家人傻了眼。女孩的爸妈坚信不疑，为了自己女儿未来的幸福，坚决要求女孩立马和他断了关系，重新物色佳婿。最后女孩子承受不了压力，和小韦分手了。半年之后，她就在家人的安排下嫁给了另一个人，男方家庭不错，第二年他们就有了孩子。

小韦却承受不了这个打击，拒绝家里的一切安排，天天把自己关在家里，也不去上班。一开始家里人以为他闹闹就好了，后来才发现他神情时常茫然，又时不时喃喃自语，甚至偶尔当众就会大哭或者大笑。

精神科的诊断是轻微的精神分裂症，虽然不需要住院治疗，但是必须服用一些药物进行控制。现在小韦就在家里开的超市里帮帮忙，家人也从不给他过度的精神压力，想等他痊愈了再做打算。

## 2

二姨和妈妈便开始热烈地讨论起算命先生的各种预测，说现在的年轻人都不理解这种老传统，等以后出事哭都来不及，并举出大量的事例来证明。最后，在我意料之中最恐怖的结论出来了——幸好这个女孩子没有嫁给他，因为这点事就疯掉了，以后怎么做大事？

其实我不反对测算八字——虽然它是一种饱受诟病的传统——然而只是两个人八字不合，却并没有说小韦八字不好，他何至于此？

失去心爱的人受不了打击，最多只是心理脆弱，但本来已经很难过的事，为何他还要承受指指点点和街坊邻居意味深长的眼光？

古语有云：情深不寿。

小韦家在城里，恰好第二天我要进城，就顺路去看看他，希望能帮上点忙。

去的时候我特地选了饭后超市不太忙的时间。他家的超市属于地区常见的，约200平方米的小型超市，进门的时候小韦的爸妈没认出来我，一阵寒暄后我提到了小韦。

“我想和小韦聊聊天。”

“他在后面货仓里。”婶母犹豫了一下，又小心翼翼地说，

“小妹你是有文化的人，要是能和他多说说话就好了。”看着她比同龄人更加苍老的脸，我心头一酸，应下了。

实际上我心里没有底，不知道自己能不能帮上这个小伙子，但初步设想起码要传达给他一个态度，就是父母会老去，不能庇佑他一辈子，以后再难，他都得靠自己，如果暂时做不到结婚，起码也要让父母不要太过担心。

### 3

与想象中的情况不太一样，小韦正坐在纸箱上，听着歌曲发愣。他穿着干净的T恤，一副清秀的年轻小伙子模样，怎么都与传说中的精神病相差太远。

我走近他的时候他终于回过神来，拉下耳机后，他盯着我看了一会儿，试探地叫出我的名字，随即高兴起来，站起来和我握了握手，说：“姐，好久不见了，怎么有空来我家这边？”

我望了一下周围，从一个纸箱里面摸出一包小零食，拆开袋子和他分食起来，他笑嘻嘻地吃了一些。食物可以让人放松警惕，让大脑处于平和状态，对接下来的谈话不会下意识地抗拒。

我们先是聊了一些小时候的事情，他的记忆十分清晰，实在看不出来有什么不妥的痕迹，于是我直接开口：“小韦，咱们姐弟是一起长大的，你能告诉姐，为什么外面传得那么难听吗？在我看来，你一切正常，也好得很啊。”他的脸色一下子就不好起来，慢慢地低下头，不说话了。

我没动，也没有说话，留白这沉默的时间。

“姐，我其实很想有个人说说话，但是他们都觉得我太矫情，不是男人，放不下。”抬起脸的时候，他并没有很激动，似乎对这样的处境也并没有难过和不满。

我点了点头："是的，我愿意听你说说。"

## *4*

翻看他的诊断书的时候，我发现医生诊断的并不是什么精神分裂症，从精神科转诊心理医生那边后，也只是下了躁郁症的结论，比一般的情况稍微严重一点而已。因为传话的人喜欢以讹传讹，又因为他也确实去了精神科，最后弄成自己的父母也误会他的情况很吓人。他为了免受打扰，也就顺水推舟不加辩解。

因为挫败感而产生的应激反应，就像一场看似凶险的大病，有惊无险，我庆幸他还是很幸运的。

小韦指着整整齐齐的货架告诉我："其实这两年来，我一直在学习货品摆放，也一直在看一些书，我知道自己已经好了很多了，但是我也知道自己还是想着小柚。"

"恨她吗？"

"也不怪她。"

"承认恨她你能很快地放下，然后结婚生孩子，应该会更好点。"我伸出手，拍了拍他的肩膀。

他一愣，又沉默了很久，突然眼泪就那么大颗大颗地掉了下来。他没说话，我也已经清楚——不敢承认恨心爱的人，是他一直没有找到情感突破口的原因，就像在迷宫里面无处脱逃。

他希望的是，小柚能陪着他，争取属于自己的幸福，而不是转身就与他人共结连理，生儿育女，而且日子也过得好像很不错。留下他一个人，就像独自站在分岔口的旅人，突然没有了旅伴，突然没有了方向，她怎么就能过得心安？她怎么就能这样背叛情感？他就不信她没有得知他目前的处境。

小韦哭完后，眼神逐渐恢复清明，但是很疲惫。

“是不是觉得很丢脸？”

他不好意思地点点头。

“哭是一种治疗的方式，并不分性别。”

说到这里，我就起身告辞，和他约好几天后一起吃饭，并让他加了我的微信方便联系。

## 5

“我们家乡的风俗习惯是婚前都要合八字，虽然是走程序，但也是一种心理暗示，不管好坏。也就是说，如果问到八字是合，那么双方家庭都会对这桩婚姻给予祝福，在发生磕绊的时候，也很容易就会被带过去。

“换个情况，如果经过合算，两个人八字不合，最后还是在一起了，一样会有一种心理暗示，就是日子容易过得紧张，稍微有个磕磕绊绊都可以往八字不合上面带，父母那边也会这么想，因为是你们选择了在一起，所以压力都会放到你们身上。”

小韦点点头，转动着手中的杯子，几不可闻地叹了一口气。

“假设小柚努力和父母反抗，最后她父母拗不过自己的女儿，她还是和你结婚了，那么双方的家长就很难不心存芥蒂……起码你在她父母的眼中，被认可的困难程度就会提升几倍。在这种夹心饼干的情况下，你们两个人的情感要经受更高层级的考验，她会很难像和你恋爱时候那么轻松愉快。

“在一起生活不像恋爱那样有那么多的激情，很多矛盾都会慢慢浮出水面，你可以看看很多人的婚姻，都是需要这样长期磨合的呢。

“因为你对小柚还有感情，所以我问你，我们模拟一个情况，如果小柚过得非常不好，嫁过去后，丈夫吃喝嫖赌，而且还对她家暴，她一个人带着孩子过得很是凄凉，你会愿意她过那样的生活吗？你不是恨她吗，你有没有做过这样的设想？”

小韦吓了一跳，想了一会儿之后，垂下了头：“有想过，在她刚刚结婚之后。”

“对于心爱的人，她过得好，在你完全已经放下的时候，想起来会觉得很高兴，因为她是你爱过的人，她值得有人对她好。如果她过得不好，你反而会非常难过，因为她在你最爱的时候离开了……你万分珍贵的宝贝，居然被人当成了草，这种滋味不会比失恋更好。因为，你的心非常善良。”

## 6

“你和小柚不得不分开，而且你变成这样，我相信她应该是知道的，或者说，我更愿意她从来未曾听说过你的事，希望有心人可以瞒着她。”

“为什么？”

“你希望她内疚一辈子吗？对比自己还算安稳的日子，你这个样子，她会怎么想？”

“她是个好姑娘，这会让她很难过。”

“她应该本来就很难过。”

“是的，她结婚前偷偷给我打过电话，只是哭，不说话。”

“还是祝福她吧，你过得好，她才会心安。”

执念，才是阻碍我们继续旅途的最大石头。事实上小韦不是一时半会儿就能放下，因为他一直沉浸在自己的心情里，带着执念生活，所以才会如此放不下，其实，只差有个人去点一下他而已。

且期待心花的再次开放，莫辜负大好韶光。

## 7

自从开始写作后，经常会有人问，你写的事情是真的吗，或者问，灵感哪里来的?

故事都是真的，很多在你看来如同编造的故事里边，都暗藏着一颗颗饱受情感折磨的心，只是我们都觉得自己的故事太过平淡，自己曾经的伤感失落，在别人死去活来的爱情故事里面，似乎都不值一提。

现在的生活压力这么大，大家都在忙着填充自己，努力抓住生活的尾巴，耽于情爱显然是不合时宜的，甚至很多理论都在支撑着你，告诉你爱情不过是生活中非常小的一部分，自己活得精彩远远比两个人互相折磨来得轻松有趣。

讲起来这么有道理的事，又为何有那么多人渴望遇到真爱，又暗中希冀身边有朵解语花，转角遇到Mr.Right? 因为爱情确实是填补我们心中重要空缺的事情，让我们能够面对生活的残酷考验，能够有一个缓冲的韧性盾牌，让你觉得心中有光、脚下有路。

对于能够勇敢等待和追逐自己心中所爱的人来说，起码对自己的感觉是真诚的，活得有血有肉。

然而我又希望这列情感列车都是可控的，在确实无路可走的时候，大家都会懂得换上另一条轨道。

## » 心上
## 开过一朵花

### 1

下午上课前，阿奕坐在学校大门对面的小卖部里抽烟，学校的门卫扫了他好几眼。他吐出一个烟圈，再从鼻孔喷出两道烟柱，得意扬扬地跷着二郎腿，晃得像只在撒欢的小狗。

因为穿着拖鞋进学校，门卫让他登记违规，他不干，打电话喊了个兄弟给他带双球鞋。在等待的时间里，他就故意大摇大摆地在校门口抽着烟，挑衅意味十足。

没错，他就是学校体育特长生里头常见的小混混。

这时一辆单车在不远处停了下来，一个穿着校服的女生单脚支地，满脸难以置信地看着他。要知道视线这种东西是自带温度，而且伴随着轻微灼烧感的，这一下子就把阿奕的注意力从光头的门卫阿伯那里拉到了这个女生脸上。

姑娘有着这个亚热带地区所没有的白皙皮肤，越发显得眼珠子就像嵌在荔枝肉中的核一样，柔润又清澈。而这果核正在用直愣愣的眼神探究着他的脸，风吹起她的马尾发丝拂到脸庞上，阿奕却觉得像挠在他的脸上一样，有小虫子在脸上忽左忽右地爬过。

夏天的炽热烘烤出来的温度在看到她的这一刻无影无踪，他不自觉地停止了毫无形象的抖腿，但意识却比脑子快，他听到自己朝着她流里流气地吹了一个口哨，带了调戏味道的那种。

女生马上一副恢复神志的样子，眼神换上嫌弃，扭过头骑车消失在校门口。阿奕有点摸不着头脑，闷热又重新包裹住他。

## 2

这所初高中合并的学校，说大不大，说小不小，想要再次遇见一个心心念念的人，又有何难。

阿奕从未觉得校园的一花一草居然如此生动，那么多台阶拐角、楼道灌木，一定会在某个时刻，出现那张小脸、那甩动的马尾，这让他感觉无比期待又害怕，又紧张又彷徨，以至于这份无处发泄的躁动，像打鸡血一样，让他在每个早上的规定训练连连刷新纪录。

这种气息很容易被同性嗅出来，高三的学长大郑一副了然于心的样子，训练结束后，把瘫在塑胶跑道上的阿奕揍了几拳，扔过去一瓶红牛。

“喜欢上哪个妞了？和哥说说，免得和几个大佬撞车，死都不知道是怎么回事。”大郑的小眼睛里面都是狡猾，他还是喜欢这个学弟的，而且家里的老妈要他罩着阿奕，不过熟归熟，江湖规矩还是要教教他的。

黝黑的脸突然就绽开了，露出了掩饰不住的心事，然而他犹豫半晌，说出来的是：“我也不知道，我都不知道她是哪个年级哪个班的。”

“唔？那你麻烦了，万一她是我的妞怎么办？”

“嫂子我还是认得的啊。”

“你嫂子起码有三个！你这是什么表情，下次遇到时，跟着到教室，或者跟着到自行车棚看划区，要是看到在哪个地方打扫卫生，也可以知道是哪个班的。跟哥学着点！”

阿奕觉得自己的脑袋确实不好使，但一经点拨，他就觉得云开雾散，佩服得五体投地。

## 3

念念不忘必有回响，阿奕梦见过那双荔枝核一样的眼睛有两三次了，终于在一个放学后的黄昏再次遇到这个女生。

她正在和同班同学打扫卫生，很多人放学打扫户外卫生的时候都匆匆忙忙的，扫把挥舞起阵阵灰尘，只有她慢慢地一下一下地扫过水泥地，专注而认真。当时她也是这么认真地看着他的脸呢！

恰好大郑经过，本来想给一拳的，顺着他的视线看了过去，嗨了一声，勾住阿奕的脖子：“就她啊？刚好是我们班里的，叫豌豆。算你小子走运，她应该没有男朋友。”然后又鄙夷地说，“你怎么看上的，土得要死。我们班的副班长，话不多的书呆子。”

阿奕也觉得自己很奇怪，按道理他应该不会喜欢这样的女生的，他应该像大郑这些人一样，骑着摩托车呼啸着招摇过市，载着花枝招展肆意娇笑嬉骂的女孩子，那才是他们的风格。

一听之下居然还是学姐级别，这下连他自己都觉得这种喜欢轻飘飘得如夕阳里扬起的灰尘一样，不知道下一秒会落到什么地方去。

可是他又很希望知道，到底为什么，她会突然对着陌生的他，盯着看了起码一分钟之久，满脸的不可思议和不知所措，在他吹了一声口哨之后，为什么她又满脸嫌弃。他也许一开始就是想知道这个答案而已。

大郑听完后一挥手：“你长得还算不错，帅到她了，不过人家是好学生，当然不喜欢你吹口哨了，说不定是看对眼了……上吧，兄弟，这种妞，一泡一个准！”

多年以后，阿奕哭笑不得地想，就是大郑这句话，让自己陷入了泥沼。

## 4

人找到了，就得寻一个由头靠近。

大郑相貌长得不咋地，但泡妞的招数那叫一个绝，真绝。

比如大嫂子，校花级别的，就算戴着个细黑框眼镜都藏不住她鲜艳明媚的姿色，大郑除了疯狂猛追之外，还敢在女生宿舍外头，在最热闹的时候高声呼喊她。两三个月后，大嫂子就一脸娇羞地搂着他的腰坐到他摩托车后座上了。

听说二嫂子是个同年级气质清纯的小美女，大郑暗送秋波很久也没有拿下，后来演了一出苦情计，喝醉酒后一直喊她的名字，再由几个打配合的人告知她，最后也成了。

三嫂子是个低年级的学妹，得罪了其他班的小太妹，大郑不忍心看她被欺负，出面摆平了，然后就自然而然……

阿奕听得一愣一愣的，虽然他和他们是一拨人，和女孩子接触的机会多，因为长得帅，也不是没有对他示好的女孩子，但这种手到擒来的屠龙术，他感觉学了也没什么用，应该说，他直觉对学姐没用，他甚至害怕惹恼她。

大郑摇头叹息，你这还没有上手就已经对她怕成这样，怕以后是个“妻管严”。你自己想办法吧，有必要助攻的时候，通知大家一声。阿奕喜欢“妻管严”这种说法，给人一种已经伊人在侧的错觉，就略微羞涩地应下了：要是能拉到小手，就请大家撸串去。

大郑对这个学弟的婆妈心思表示与组织精神不符合，记个察看处分，保留随时踢出去的可能性。

## 5

定位了豌豆学姐后，在她视线可及的地方出没就容易多了，连豌豆自己都觉得意外，不过就看见过这个人一次，怎么突然之间就哪儿都看到他了？如果说是锚定效应，这锚也出没得实在太频繁显眼了，居心一望便知。

周六特训的时候，学校里头没什么人，阿奕正准备去教师宿舍找老师，第六感突然警铃大作，楼梯上缓缓走下两个人，其中一个可不正是豌豆学姐嘛!

豌豆也看到他了，居然对他颔首微微一笑。这一笑不打紧，阿奕脑子里头嗡的一下，人已经冲上楼梯到了豌豆的面前。豌豆和朋友一怔，低头看他。

“学姐——学姐——”阿奕心跳如擂鼓，说话都结结巴巴的，“我叫阿奕，神采奕奕的奕，我是高二（5）班的——”站在豌豆身后的朋友忍不住扑哧一声笑喷了，阿奕才猛地回过神来，臊得不行，立马转身三步并作两步，跑掉了。

后来他不敢找大郑说这个事情，自己都觉得丢脸无比。但是，这是第一次能靠她那么近，而且她应该也知道了他的名字……想起来就那么高兴是怎么一回事?

回想起来，豌豆在整个和他有音信联系的岁月里面，其实一直没有说很多的话，是他自己独自动心、独自欣喜、独自对话、独自失落，又独自渐渐忘怀了这一个人和这一段时光。

## 6

后来阿奕通过一个家里世交的妹子，弄到了豌豆家的电话，鼓足勇气给她打了几次电话。豌豆倒是没有挂电话，也没有拒绝，听着他絮絮叨叨地说一些自己的事情，偶尔回应两句。

比如问他希望考什么大学，因为是体育特长生，所以她也给了建议，要上就上本省最好的体校，将来毕业才有竞争力。

提起同班同学大郑，她只是淡淡地说，大郑脑子灵光，但心思都放在泡妞上面了，你不要学太多就好。

他抱怨训练辛苦，她会默默地嗯几声，和他说饭要好好吃。

阿奕很快乐，觉得连看起来打瞌睡的英语课本都没那么讨厌了。他甚至偷偷地戒了烟，他怕自己靠近学姐后会被嫌弃……总之，他变得越来越不像从前的自己。虽然考上最好的体校似乎有点难，但是豌豆说了，你先试试看，努力一下再说嘛。

如果所有的时间都能在这种期待中充填，他觉得自己真的真的很幸运。

大半年时间居然就这么轻巧地滑了过去。大郑问过他几次进展，后来也没有再问，因为他顺位的二三号女朋友已经换人，另外还有个重要的事——高考呢！

## 7

豌豆考上了一所二本院校，算是正常发挥。当时阿奕心中大喜，他估算了一下自己，觉得再努力努力，考进这个学校的体育系也不是特别难的事情。如果进了这个学校，那么他就可以光明正大地追求豌豆了。

大郑上了一所三本的体育学院，打过几次电话让他好好学习，因为如果毕业的学校不好，不太好在社会上混。

训练越来越密集，作业越来越多，他有时候也会迷茫，不知道这么辛苦到底是为什么。在一次意外韧带扭伤休养的日子里，他打了很多次电话给豌豆。

阿奕说：每次你好像喜欢我的时候，都是我最开心的时候；

阿奕说：学姐，你会等我吗？你知道我喜欢你的；

阿奕说：伤很痛的时候，不知道和谁说，就想和你说说话；

阿奕说：学姐，我觉得很累，为什么要这么累……

豌豆听完只是说："不要想太多，我会等你，学习认真点。"

阿奕把手机捂在胸口，感觉脚都没有那么疼了，这股力量实在太强悍了，把他包裹得从头到尾像充满电一样，满是能量无处释放。

这种感觉是大郑能有的吗？是那些人能有的吗？他不禁得意扬扬起来。

## 8

阿奕最后还是没有考到豌豆所在学校的体育系，而是被另外一所二本的体育学院录取了。虽然没能去最好的学校，但这个结果对于一年多前还整日在校门口抽烟的他来说，已经是天方夜谭了。

但他很难受，不在同一个学校，都不知道未来会发生什么。大郑说了，别说一年了，一个月女朋友都可能被别人抢走。豌豆说会等他，但有可能恋等到毕业吗？

事实证明，他想多了，多了很多。

还未去报到的那个暑假，阿奕在家里闲得无聊，突然家里有客人来访——豌豆和那位世交的妹子。惊喜过度的他慌张得茶叶都泡不好，手抖得不行，连他老妈都看出来他的不对劲，嗔笑着骂了他几句，心下就知道了这个姑娘对自己儿子有多重要。

豌豆还是像往常一样，不多话，安静地看着他笑。大概坐了半个小时后她起身告辞了，尽管他和父母一再表示留饭，她也只是婉辞。但她第一次伸出手，拍了拍他的肩膀，说了一句："以后要认真读书。”

阿奕的老妈看着欢喜得不行，这小姑娘稳重的做派，明显和外面那些女孩子不一样。

世家妹子送走豌豆后，又回头喊了阿奕出来，望着他，欲言又止。在她开口的那一刻，阿奕突然想阻止她要讲出来的话，他预感到即将听到的不会是好消息。

“豌豆让我转告你，她第一次看到你的时候，就在想怎么会有人这么神似她深爱却不得不与之分手的前男友。”妹子怜悯地看着他，“那个男生比我们高两届，全家移民了，估计这辈子都不会再回来了。为这事豌豆难过了很久，直到看到你……但她对你真的没有任何意思，她希望你学好，你考上××大学她很高兴。她是这么交代我的。”

原来如此，原来如此，原来如此！

## *9*

电话再拨过去几次，豌豆没有接，阿奕于是发了很多很多信息。

阿奕说：学姐，我真不介意，学姐你还是给我一个机会吧；

阿奕说：我真的很喜欢你，我从第一眼看到你就喜欢你了；

阿奕说：学姐，其实我知道你会看到这些话；

阿奕说：我会认真读书，我好好读书，我可以等你，等很久很久，好不好？

好不好？好不好？你回句话啊，好不好？

我才没哭，我不介意，真的不介意，你回个信息会死吗？这女生怎么这么可怕，不声不响就把他所有的中学记忆收割之后打包带走了，让他以后任何时刻回想起来，其他都是空白，只剩她一个。

上大学后，阿奕去豌豆的学校找过她两三次，也没能见到她。

大学的时候稍微颓废消沉，他就想起她踮起脚拍拍比她高一个头的自己，说要认真读书，他就立马振奋了，比上了紧箍咒还恐怖。

也不是没有交过女朋友，但他总是觉得对不起谁似的，烦死自己了，后来索性大学期间都不谈恋爱了。

毕业后，他考上了一个二线城市的公务员，当了一名警察，还与一个不错的女孩子在谈着恋爱。这种线路，让他的老妈满意至极，阿奕甚至都怀疑老妈经常偷偷给豌豆烧香。

从看到她第一眼，七八年居然就这么过去了，阿奕终于释怀。两年前，豌豆给他发过一条信息："你的事我都有听说，你做得很好，我要换手机号码了，祝余生都好。"

他的心上曾开过一朵花，又目睹了这朵花的盛放。

少年的心思，究竟是不是错付，似乎已经不再重要。

# 不暧昧，是我对你最大的尊重

## 1

文峰是个挺特别的男生，好好的船舶制造专业毕业后，却跑到眼镜店当一个小销售。

对，就是那种忽悠你为一副成本低廉的眼镜架埋单，然后配上各种眼花缭乱功能的所谓进口镜片的那种小店员，当然，他选择的是一个颇为知名的眼镜店，售后服务特别到位，穿上工作服也俨然专业配镜师的样子。

售后服务是一种增强顾客粘性的方法，其实也不需要什么成本，洗洗眼镜片、紧一下螺丝、和顾客聊聊天，增加互动。

他在某年的秋天，遇到了一位姑娘小颜，在为她细致地配了一副合适的眼镜后，小颜的形象大为改进。从此以后，她就时不时地出现在眼镜店，借着洗眼镜的机会和文峰多说一会儿话。

彼时文峰处于一种低落的状态。当眼镜店的销售，是他给自己的任务，为的是弥补自己与人打交道的短板，所有的心思精力基本放在了学习看书、精进自己上面。也许正因为如此，他散发出的气息是与众不同的，也因此吸引了大四学生小颜。

两个人保持着一种熟人的关系，也加了微信，偶尔聊聊，他会给小颜的朋友圈点赞。就这么平静无波地过了几个月。

## 2

那一天，小颜兴奋地跑进眼镜店，才看到文峰的背影就迫不及待地说：“我终于考完研了，太开心了！感觉考得很好呢，快祝贺我吧！”等这个人转过身，尴尬地发现原来是文峰的同事，红着脸赶紧跑了。

那天文峰出门办事去了，回到店里的时候，那个同事调侃他：“人家小姑娘考完研第一时间就来和你说，看来是对你有意思呀。”

“这可别瞎说，不过就是太开心了，想找人分享罢了。”文峰耳根子有点发烧，勉强应付过去。

然后给小颜发了一条微信，祝贺她考研结束。实际上他应该顺势以庆贺为由，提出请客吃个饭什么的多加接触，然而他不敢，他就是不敢。

从没有和女孩子谈过恋爱的文峰，遇到这种情况反而手足无措。对小颜不心动吗？不是的，这个清秀腼腆又温柔的女生，其实曾悄悄地住进了他的梦乡，但对于自己的极度不自信，加上现在的身份，他无法勇敢地去示好。

有时候不敢大胆说爱，仅仅就是因为自惭形秽，只敢悄悄地看一眼，连想念，都要在无人之处，怕心思泄露，怕惊动那只停在花瓣上的蝴蝶。

## 3

2月14号是个该死的节日，平时对“单身狗”的迫害还不够，这一天还要再让他们无处可逃。文峰一天都在店里忙活着节日活动，试图按捺住心中那个蠢蠢欲动的念头，编辑好的短信死活按不下那个发送的按键。

“能请你吃个晚饭吗？”

踌躇到五点多，文峰咬紧牙关，跺跺脚，眼睛一闭，还是发出去了，然后开始了忐忑不安的等待。思想斗争是煎熬，等待更是火烤般的煎熬，其间无数次掏出手机，调了震动又调大了声音，稍微一个提示音都让他如坐针毡。

“抱歉哪，现在才看到，我和舍友在外面已经吃过了，看电影呢，不好意思。”

直到八点多，文峰才收到小颜的短信。他失落又沮丧，同时又有种释然，因为对于他来说，能够发出这个信息就是一个重大的进步。他以为这辈子都不敢向任何一个喜欢的女孩子表达自己的心意，看来跨出这一步也没有想象中那么难。

第二天小颜就过来洗眼镜了，然后和他又聊了好一会儿昨晚的电影，临走的时候，文峰突然问能不能改天约她吃饭。

小颜犹豫了好一会儿，突然像下了什么决心似的，答应了。

## *4*

吃饭的时候，小颜和文峰讲了一个故事，不，应该是她过去的一个事故。

大一的下学期，热爱学习的小颜就在图书馆的自习室里认识了一个大三准备考研的师兄，师兄对她很是照顾，得知她未来也会考研，更是给指点了很多方向，敬慕和心动让她稀里糊涂地陷入了单恋之中。

恋人未满，但又比普通的朋友、师兄妹多一些亲昵和暧昧。他们会互道晚安早安，会一起吃饭和看电影。他会喊她小傻瓜，会在过马路的时候护着她。然而他从未给小颜任何明示，这让小颜在搜寻他喜欢自己和不喜欢自己的证据间来回摇摆，欣喜和沮丧并存，难熬又心酸。

直到有天她迎头遇见了他和另一个漂亮的女生手挽着手逛街，师兄非常坦诚地向这个女生介绍小颜，但语气再也不是那种亲昵暧味，而是生疏客气的。

小颜强撑着笑颜，点点头就走了，要不是当时有舍友一起，她都不知道自己是怎么回到学校的。两三天以来，她机械得和没有知觉的人偶一样，回过神之后，看也不看任何信息和未接来电，拉黑删除，不再去图书馆。

学校很大也很小，你要刻意避开一个人也很容易，时间走得也快。毕业季过完，师兄就犹如消融在空气里一般无声无息了。

但是那种刻骨的痛，让小颜很久都不敢谈恋爱，虽然她再清楚不过每个人不尽相同，但是这种一朝被蛇咬的感觉，还是影响了她的正常感情轨道：人是不再见到了，然而在胸口钉下的钉子，那个洞却在。

## *5*

虽然已经过去一年多，文峰还是记得小颜对他说的话："你的心意我明白，但我们都有自己的路，我考研后很快就会去别的地方，不合适谈感情，我不想和你玩着暧昧又伤害你，还是做个遥望对方的朋友吧。"

文峰和我说，他真的很感谢小颜的善良，她清楚他的性格，一旦喜欢一个人就会倾尽所有，一旦受伤就经年不愈。她明白自己给不了对等的回报，于是清楚明白地拒绝，不会让他在愁肠百结里耗损太多的心力。

小颜果然考上了国内TOP5学校的研究生。文峰和她庆祝一番，又送她一张机票。情不深种时，这种付出让他更加安心做自己的事。小颜大方地接受了他的馈赠，而他在翌年也经过技术移民到了澳大利亚。

腼腆的他很喜欢那里的蓝天草地、袋鼠考拉，性格也变得开朗活泼起来，他时不时会想起那个叫小颜的女孩子，她对他的尊重和温柔，让他在想起来的时候，犹如沐浴家乡的月光。

小颜，谢谢。

# 套路 »

## 1

筱筱请我吃饭，说是想向我咨询和男朋友未来的走向。

说真的，一般我不是很想接受这样的饭局，只要是需要找人问询的，基本就是出现问题又开始迷茫的人，没有走下去的坚定信心，却还在垂死挣扎，隐隐带着一种需要别人帮忙下决定，又不想自己承担责任的味道。

不管你支持分手还是继续在一起，一旦有个不愉快、不如意，那可都是你这个狗头军师出的好主意哦。

最好的办法，就是听对方的倾诉，不痛不痒地说个利弊，然后把选择权交到对方手上，撇清关系，至于以后他们好还是不好，不关你事，你都已经尽了一个朋友被抓过来“背锅”的责任。

我准备这么“套路”地对待筱筱，尽一下作为朋友的本分，顺便蹭一顿饭吃，不算过分。

“姐，你给我评评理。”筱筱坐下来，还没点菜，就直接点开和男朋友微信的聊天记录，让我做阅后感。我只好接过手机，认真翻阅。

翻完之后，一番挣扎思考，还是忍不住叹息地把手机还给她，然后小心翼翼地看着满脸期待的她说：“要不，今天改我请客？”

## 2

“你希望我说什么？”我只好开始发问。

“你不觉得他对我的批判很过分吗？上周我忘了通知他，周末下班去了一趟苏州过个周末，就和我吵了一架，说我根本没把他当男朋友。又不是背着他和异性玩，就是累了想出门透透气，这都不允许吗？”

“我很佩服我的一个男同学，他工作能力很出色，我经常会和他讨教，但摸着良心说，我对他一点儿感觉都没有！就因为这个，也和我吵，说什么我另有男神了，那他这个男朋友，又该摆放在什么地方。”

“有时候我下班很累了，他不谅解不说，还要见面。作为一个大男人，就不能有点自己的事吗？非要缠着我。我也需要学习进取，两个人在一起不仅仅是卿卿我我，还需要一起努力呀。”

“他总是埋怨我不爱他，不依赖他。我从小就性格独立，他从第一天认识我就知道我是这样的人哪，现在用这个来和我说事，不觉得他很可笑吗……”

听完筱筱连珠炮般的责问，我点点头：“你说得都很对，我支持你的看法。”她脸上忍不住浮出一种“我就说我是正确的吧”的表情，接着我就捅一刀：“但是你男朋友真的很无辜，而且我挺同情他，找了你这样的女朋友。”

筱筱顿住了，还好她算尊敬我，没有直接就翻脸走人，犹豫了一下，还是问了为什么。

## 3

很多鸡汤文、情感文，对于爱情的定义已经提炼成极为简单的标准：一个人是否爱你，一看他是否愿意花钱，二看他是否愿意花时间，如果两样都不愿意，那么心里就是没你。

简单粗暴的背后，总是忘记两个人在一起最重要的除了“三观”合拍的基础，更为重要的是两情相悦，能够共情，能够体察对方。

不告知自己的活动背后，不是简单的忘记了，而是你忘记了你们作为一个整体，你去向不明他会担心。如果你体恤他，那就不会忘记告知，再忙都不会。

你可以和别的异性聊天交往，也确实问心无愧，但是每个人的认知和理解不一样，你的好友可能会引起对方的误会，一般也会让身边的人感到威胁。如果你体恤他，也会适当收敛，而不是抱怨他没有给你和异性交往的空间——不需举控制欲的例子来反驳。

两个人要学习进取也很对，筱筱的男友下班后想见她，这个诉求很正常，如果真的累，可以拒绝，但是长期拒绝，是谁心里都有怨言。

表面上看，是筱筱的独立，让依赖心强的男朋友感受不到爱而抗议，实际上是筱筱不承认自己不够爱他，不能体恤他的心情，无法共情他的紧张、伤心和不安全感。

毕竟他还年轻，他言辞激烈地指责筱筱不爱她，希望用这种方式，人为拉近和女朋友的距离。很不幸的是，他只会把筱筱推得越来越远，因为筱筱这种个性坚强的女孩子，只要反应过来，勇敢承认自己确实不够爱，就只剩分手一途。

这个结局，对他真的有些残忍，但未尝不是另一个开始的机会。

## *4*

不想背负主动分手的道德谴责吧，所以你才迟迟不愿意分手。

希望用种种冷漠忽略的方式，直到对方忍不住抗议，闹，吵，作。你终于有借口说："你这个样子我实在觉得我们有点儿不合适，我们还是暂时分开冷静一下吧。"

这样你就心里感觉舒服多了，因为不是我不爱了，而是对方太不懂事，不懂尊重，让你只好放弃。

你从未体恤过对方会有多痛苦，因为要等待你的宣判，不知道你宣判的监禁是否有个期限。

你也从不知道这样的后果有多严重，因为对方真的会以为是自己不懂事、不够好，才让你离开了，转而开始攻击、否定自己，可能很长一段时间都不敢再轻易爱上另一个人，或者接受别人的示好。

如果你真的爱一个人，会舍得让他/她受这样的煎熬吗？有多大的仇跨不过去要给对方造成这样的心理创伤？你忘了你们曾经看着对方的眼睛，也有欣喜的火苗在跳动。

不爱，就认认真真承认自己确实不爱了，和其他无关，不耽搁，也不否定对方，这是一种另类的善良，也是为对方的最后负责，让人家能够及时止损。

## 5

筱筱沉默良久，几次欲言又止，看到我悲天悯人的眼神，又低下了头，摆弄着筷子不发一语。

吃完饭，我坚持买了单，她说她需要认真思考一下，但我已经知道大概的结果了。果然，两个月后，她告诉我已经和男友分手。

再过小半年，筱筱又兴高采烈地跑来告诉我，她通过相亲牵手成功，感觉自己的春天来了，脸上小女人的光芒遮都遮不住，尽是讲些甜蜜的小事件，基本忘记自己狗屁倒灶的所谓空间独立言论。

你看，承认不爱，没你想的那么难。

# 对不起，我不接受你的筛选 »

## 1

璇子是校学生会公开招干时，我亲自拍板招进秘书处的干事，让她第二天就过来。理由很简单，就是漂亮，高辨识度的漂亮。

说起来，每年好看的新生不少，虽然要看能力招人，但作为秘书处的人，进出团委办公室，做个签到，还有学生会办公室管理，就像公司需要个美丽的女前台一样，璇子的出现让我大喜过望。

身材娇小玲珑又凹凸有致，身着得体漂亮的衣服，长着一头乌黑的碎长发，眼睛很美，望向你的时候总是一副水汪汪、脉脉含情的样子，不是那种高冷、遥不可及的美。我们几个见惯形形色色俊男美女的学生会老油条，都不由自主地折服了。

过来给我们部门跑腿的体育部新任部长李霖，看到璇子第一眼后就挪不动腿了，就像西西里传说的“被霹雳打中”一样呆在了当场，而后拿着盖完章的文件扭扭捏捏地一直站在办公室不肯走。

正在办公室开小会议的我，邪笑着转过头，对会议桌旁几个部长说：“看到没有，以后体育部就是我们秘书处的了。”他们心悦诚服地颔首：“还是您老高瞻远瞩，用意深远。”

果然，不一会儿，李霖就磨磨蹭蹭地坐到离我不远的地方，踌躇再三后，狗腿无比地喊："蔡姐——"麻得我起了一身鸡皮疙瘩。

## 2

校学生会的俊男美女不少，同样的样貌条件下，挑能力强的。能力强悍的在大二就当上部长。李霖颜值在线又能力出色，是经管系大二学生，篮球打得很好，一米八的个子却有着娃娃脸的清秀脸庞，没有侵略性，亲和力极强。

我是乐见其成的，毫不犹豫地就把璇子的手机号码给了他，然后提点："璇子目前没有男朋友，但是你懂的，追求者众多。先下手为强，多来秘书处，近水楼台先得月哟。"

李霖感激地把号码存进手机后，又呆呆看了一眼在电脑前录入信息的璇子。看着他的表情，估摸这会儿，想象力已经到了孩子起啥名字的阶段去了。我笑笑，拍拍他的肩膀让他加油。

爱情很容易产生于俊男美女之间，这么美好的一个开始，我也从来没有想过会有什么波折，我想李霖也没有猜到。

然而生活从来都是在你以为一帆风顺的时候猝不及防给了一巴掌，这个真理在往后的际遇中不断被验证，然后巴掌挨多了，我们才学乖，学着得意时莫忘形、失意时也不颓废，因为生活也不一定有你想的那么糟糕。

## 3

坦白说，我知道璇子的工作能力一般，同时进来的另一朵小花优优，明显工作能力强，而且早早就和我表示，当花瓶不过是暂时的，希望接手有技术含量的工作。

璇子呢，经过几个月的观察，发现她对于学生会的工作并不上心，后来才从和她关系不错的干事那里得知，不过是追逐她的人太多了，约会行程表安排太满。这让我突然想起李霖，他似乎选择了一个不太容易到手的追求对象。

有天我独自在办公室看书，恰好李霖过来取文件，他看见我盯着他，露出一个苦涩的笑容和我说："蔡姐，和您预约个时间聊聊可以吗？""那就现在吧。"

李霖确实和璇子有个不错的开始，她并不拒绝条件出色的李霖追求自己，甚至还有好几次单独和他吃过饭、看过电影。正当他觉得可以发起最后的冲锋表白、确立正牌男友的身份时，她却告诉他，有个很不错的男生在猛烈追求她，她不知道应该如何选择。

李霖一时之间无法放弃，也认为只要自己加把劲，还是可以获取芳心的。只是没有想到璇子加入了人为的赛制。

没有深夜翻墙出去给她买宵夜，扣分；没有在大街上给她系鞋带，扣分；没有及时送药送饮料，扣分；没有猜到她喜欢的东西，扣分……直到她提出元旦假期要回家几天，另外那个男生二话不说买了两张车票，说是送她到家才放心。

最后，璇子幽幽地对他说："你其实并不喜欢我，你在我心目中分已经扣没了。"

*4*

李霖说，当他听到璇子说出这句话的时候，突然间就清醒过来了，尽管难受，他还是很礼貌地和璇子道了声祝福，然后转身离开。

他不埋怨璇子把这些当成了爱不爱一个人的指标，他只是突然觉得这种竞争毫无意义，因为做到这些其实并不困难，但等于他必须把所有心思都放在她的身上，几乎没有了自我。

璇子设想的爱情模式，不但和他大学全局规划冲突太大，也和他认为的两个人应该因为吸引相爱而在一起的构想相去甚远。他很喜欢她，但是即使能够在一起，最终璇子还是会因为认知差异，和他起各种冲突。

说了一个小时，他疲惫地靠在椅子上，闭上眼睛，长长的眼睫毛在灯光下颤抖着，像不可言说的遗憾。我陪着他沉默了十分钟，并不说话，因为无话可说。

等到他睁开眼的时候，我对他微微一笑："我挺欣赏你，错过你，是她的遗憾，你知道我从来不说场面话。"

他认真地看着我，说谢谢，真心的。

## 5

然而故事并没就此结束，大约一年后，李霖在我要离开学生会的时候，主动告诉我一件八卦。

那个经过璇子各种考核，过五关斩六将的男朋友，原来有个异地的女朋友。几个月前女朋友突然跑到我们学校，找到璇子并当众下跪，求璇子离开自己的男朋友，因为她已经怀孕了。

谁说生活不是电视剧，分分钟都比电视剧狗血，只不过看谁能够把自己演绎出彩，谁把一手好牌打得稀烂。

后续如何我已经不再知情，但我记得讲这个事情的时候，李霖脸上并没有幸灾乐祸，只有深深的惋惜和替璇子不值。也许因为太喜欢一个人，心都可以变得柔软无比，也许他心里还有着惦念，才会去关注这个消息。

我问他要不要再次追求璇子的时候，他摇摇头说，他依旧会竞争失败，还是算了。

"真正的爱人，哪能是这种淘汰机制产生的呢？"

# 幸好，勇敢一次 »

*1*

柠檬从健身房的镜子里看到自己若隐若现的马甲线，侧着身子，给自己拍了一张照片。蛮腰结实，线条流畅毫无阻滞，从背部绵延至长而柔软的天鹅颈，向上是用运动发带随意绾起的长发，白皙而胶原蛋白满满的脸上，大写着“美女”俩字。

走进浴室之前，柠檬拉下了发带，大波浪微卷的长发就披散下，这撩人的气息和身材，让储物柜前的各色女人都忍不住看红了眼。

柠檬喜欢这种羡慕嫉妒恨的眼光，这是她的精神食粮，也是她脆弱的自信能够运转下去的动力来源，所以她对自己可以足够的狠，来维持这种精神上的俯视。

健身房女神回到家里，为自己做了一顿少油寡盐的鸡胸肉沙拉。一年多来，她一次又一次慢慢咀嚼着如同鸡胸肉的感情生活，有时候甚至都会忘记自己到底是在跟什么较劲。

不过答案也很明确——她想再见到方玮时，不用再那么狼狈、害怕，或者说，可以用一种骄傲的姿态与他平起平坐。

## 2

柠檬喜欢方玮，从高中时就开始了。方玮其实也不算是什么校园故事里面的风云人物，或者帅得惊天动地，甚至都不是那种成绩优秀得让人膜拜的学神学霸，他只是个比较安静的男生，在整个高中期间，他只是个普通的班长而已。

他有着柔软的碎发，淡漠而温和的眼神，挺直的鼻梁，还有基本紧抿的嘴唇；校服永远穿得比别人都有气质，里面常年搭着黑白灰三种颜色的翻领，干净而一丝不苟……但柠檬并不是一开始就喜欢这个老师眼里的好学生的。

这种学生总会让人有种莫名的自惭形秽，还不如那些生动活泼风趣、下课就咋呼着去打篮球、一身臭汗的男生来得可亲可爱。虽然他也打球，但最多也就是活动一下身子，当个替补的角色，不会出彩也不会有惊喜。

所以柠檬从来没有想过会和方玮有任何瓜葛，直到那几个常年逃课的男生把她欺负得几乎哭鼻子的时候。

作为生活委员，柠檬每周都要把迟到旷课的名单进行汇总，然后送到班主任那边去，每学期统计两次，两次累积的迟到旷课次数达到一定数量，就按请家长到校、记小过、记大过、留校察看等级别来惩罚。所以这些男生就会想尽办法抹去记录，包括涂改、撕毁和威胁柠檬不许留下记录。

有一次几个男生又在放学路上为难柠檬，满脸涨红的她哆哆嗦嗦地说不出话，眼泪快流出来了，这时候方玮刚好骑车路过，看清楚是自己班里的人后就停了下来。

“几个男生威胁一个女生，这样不太好。”他的语调很淡，眼神也很淡，仅仅是陈述一件事实的那种平淡。他想了一下也就明白是什么事情，只是没有想到柠檬会为此被这些同班同学欺凌，“如果不想被叫家长，少旷课迟到就好。”

“关你屁事！”

“晦气！”

柠檬以为方玮会挨揍，没想到这几个男生只是骂了几句，就骑着摩托车呼啸离去。目送他们走远之后，方玮向柠檬点点头，示意她没事了，然后也骑车离开了。

### 3

“柠檬，你把登记迟到旷课的记录本交给班长，这个事情以后就由他负责了。”没想到过了几天，班主任就把柠檬解脱了。

回到教室后，柠檬望了一眼方玮，他正在看报纸。对，就是那种大人们才看的报纸，而且他看得非常认真。

很多女生一直在私底下说方玮很装，但是柠檬现在看他犹如天神。

“班长，这是记录本。”不知道为什么，柠檬的手抖得厉害，赶紧把本子放到了他的课桌上。方玮收起报纸，翻开本子，然后和柠檬说了一句话：“你不要害怕和记恨他们，以他们的层次还无法理解事情真正的原因是什么，还不懂从自己身上找原因。”

这句话一下子抚平了她多日以来的委屈和不满，也在以后很长的时间里面，让她牢牢记住，不要为不值得的人和事情为难自己。

之后那些男生没有再为难柠檬，但是他们换了种方式排挤她——给她起很怪的外号，传出一些她和方玮在一起的流言。仅仅就是因为一种很莫名其妙的附带的厌恶感，甚至都不需要什么理由，这些半大不小的小子，就给很多人的中学时代造成了难以弥补的精神伤害，留下并不美好的回忆。

方玮当然不动如山，但是当柠檬那个外号被叫开的时候，连她的同桌都会拿她开玩笑。他从来不会这样喊她，有时候他看向柠檬的眼神中带了同情，又被有心人看成是眉目传情，于是流言就传得更厉害了。

谁说中学时代是最单纯美好的？成年后的柠檬会有个心事想和你好好谈谈。

## 4

飞机抵达这座大都市的时候，柠檬就感觉喉咙干渴，连心都漏跳了一拍。

微信好友里方玮已经躺了一年多，这场暗恋从高二到现在，足足持续了接近八年之久。抗战都结束了，为何不能给自己一个交代呢？

换成以前懦弱又自卑的她，是断不会这么想的。只是从喜欢他的那一刻开始，她就想成为他那样的人，或者说，希望拥有他的某些特质，拉近他们在心理上的距离。

每个在心底默默喜欢一个人很长时间的战士都久经考验，因为随时都可能在心中掀起一场战争，厉兵秣马，刀光剑影，有时候会得到一个暂时的胜利，有时候溃败而归，兵荒马乱数年不止。

所以，最硬的铠甲在外面，而那个特定的人是最软的肋。

方玮在她的心里活成了一个符号，是他让她一改懒散、得过且过的习惯，努力学习，考上了一所不错的院校；又因为在大学时代听闻他成为校学生会主席，她就努力学习拓展技能，拿奖学金，参加社会实践。

这些年她严密地监控着方玮的动向，获取所有能获取的信息，但不管如何，都不能一直仰望星空，她要造一艘摘星的飞船。

毕业后不久，她满心欢喜、踌躇满志地想去方玮所在的城市工作，就将这件事告诉了自己最好的朋友。好友欲言又止，上下打量她一番，问了她一句：“你现在这个样子，人家会对你有印象吗？”

一击即杀，柠檬明白过来了，如果不能在外貌上达到一个男生最低的审美要求，光靠内在就要人家对自己心有所感的话，实在是太考验人性了。好友循循善诱：“男人嘛，都是视觉动物，你不够漂亮，人家怎么有兴趣去了解你的内在？如果他发现你这么漂亮，还这么优秀，那不是十拿九稳了吗？”

## 5

喝了这碗毒鸡汤后，柠檬利用学霸的思维对自己进行了残忍的改造计划，要求自己届时要像拿到奖学金一样拿下方玮的注意力，特别是在已经有了他的联系方式之后，柠檬这种打鸡血的日子就开始稀松平常。

她只祈祷一条，在她出现之前，方玮不要有女朋友。看他很少发朋友圈，就想着他的情感生活应该没有那么丰富。

柠檬状若无心地发信息给他，说出差会路过他所在的城市，希望有空和老同学聊聊天、吃个饭。方玮答应了，并发来了地址，把她激动得做了几组俯卧撑才宣泄出狂喜的波涛。

过去漫长的岁月过得飞快，而在餐厅等待方玮的二十多分钟里，过得分秒漫长。柠檬无数次地整理衣服，无数次地看自己的妆容，无数次地觉得自己还不够好，无数次地拔腿想逃。

不如就让他活在自己的想象里面吧，好歹还能留个念想。以自己现在的条件，在追求者里面挑一挑就好了，为什么要苦苦留恋一个记忆中的身影呢？天人交战许久之后，她疲惫地低下头叹气，安慰自己：就算是失望，也要好好地画上句号。

终究是不甘心。

## 6

方玮已经是一副职场精英的样子了，依旧是一丝不苟的衣着。见到柠檬的时候，他确实有一刹那的惊艳表情，说了一句："我几乎都认不出你了。"

要的就是这句话！柠檬强压着心头的欢愉，装作漫不经心地说："还不是原来那样……班长你倒是比当年帅多了。"方玮一下就笑出来："没想到你还学会油嘴滑舌了。"

整顿饭吃得很愉快，两个人虽然聊得不多，但已经超过过去的总和了。到了最后，柠檬状若无心地嬉笑着问："怎么不带女朋友一起过来吃饭啊，也好让我开开眼界……她一定很漂亮吧？"

方玮要开口的这一秒钟，是宣判过去八年的战争输赢的一秒钟。

"唔。"方玮露出了一个意味深长的笑容，"嗯，她确实很漂亮，她一直很漂亮。"

输了，一败涂地，血流成河，柠檬想。

方玮低下头笑了，又抬起头轻轻叹了一口气："早些年，本来应该是我过去找你的，只是没想到你比我勇敢，是我做得不够。"他看着脸色千变万化、眼泪已经流下来的柠檬，露出一个温柔的笑容，"我很感谢你，希望，没有太迟。"

## 7

后来柠檬才知道，高中的时候方玮就有抑郁症，为此差点退学。但是有次他看到路边那个女孩子倔强地忍着眼泪，但始终不肯交出考勤记录本，他就觉得他的存在还是有意义的，或者自己稍微出头，就可以保护她。

他是校长的儿子，只有那些小混混知道他不能动，其他学生并不知道他的身份。

他其实一直很自卑，觉得自己做得不够好。大学的时候他害怕柠檬知道他有抑郁症后退缩，他就一直在朋友圈里默默地关注着她，看到她发的日常就很欢喜。

方玮从她的好友那边打探到她一直喜欢他，深觉自己过于幸运，于是他努力争取时间，把自己变得更好一点，学会和自己的情绪相处。

“柠檬，你不需要那么好，你太好了，我都害怕我配不上你。”

直到她提出见面，他都很踌躇，甚至想逃避。

近乡情怯不敢问人，近情情怯欲语还休。

幸好，他勇敢了一次，也幸好，她坚持了这么久。

后记

# 孤独，是你爱自己的最高形式

## 1

去年的时候，我遭遇了一次心灵的困境。

一开始，我以为这不过是一种遭受巨大打击而出现的应激反应，它只会让自己的情绪低落而已，可慢慢就发现，我的内心连同身体越来越不对劲了。恰逢那个时候压力很大，感觉生活和工作是无法平衡的，这让我的焦虑感进一步升级。

直到频频产生“生无可恋”的念头，我才明白自己已走进死胡同了。这种感觉就如同你走在路上，进入一片沼泽却毫不知情，直到陷入一个泥潭，想挣脱却反而越陷越深……

值得庆幸的是，我有家人的宽容理解，有朋友提供的专业咨询，更有自己努力获取正能量的心……其实说白了，路是自己的，只有自己才能救自己。

是呀，你在泥潭中的时候，就算有人给你扔过来一根救命绳索，那也得靠你自己把它紧紧抓住，这才有获救的希望。在你能够脱离这个泥潭之前，你会感到深深的孤独，我就是从这样一大段孤独中走出来的。

人生而孤独，这是我迄今为止对生活的理解。

那么多的人，写过那么多的孤独，有的人把它当成了进阶的必经过程；有的人认为它是一种常态；有的人逃避它，害怕它……我想，我们大多数人或多或少都带着对它的隐隐抗拒吧。

这个其实不难理解，鲜有人不爱这人世间的喧嚣烟火，总希冀自己有那么三五知己，在彷徨迷茫时有所依傍，这是我们社会性一面的本能渴望。

我对孤独的理解，是每个人尽自己最大努力去保持清醒的一种状态。

走过那么多的路，你才发现生活随时都会有所改变。生活太过无常了，它有时候会在你志得意满的时候，迎头给你一棒；有时候会在你走投无路的时候，不期让你绝处逢生……生活就是这样，因为有了甜，苦才让人感动得泪流满面；因为有了苦，甜才会让人倍加珍惜，两者相生相随，却生生不息。

总有人说“旁观者清，当局者迷”。其实，我们陷入一个困境——情感上的纠葛，友情上的羁绊，学习上的困境，工作上的困境，婚姻里的一地鸡毛——无法自拔时，我们急于去寻求解脱时，最能拯救你的依旧是自己。

孤独是自己的另一个分身，他抽离于我们的情绪之外，客观地站在一边看着你，而且一直都在。在遭受苦难冲击的时候，如果你能和他坐下来说说话，接受他的批评，接受他的鼓励，接受他的理智，接受他的温暖……也许，你与自己的内心冲突，你与生活的困斗，会很容易就会平息。

这就是为什么，我的文字总带着一种淡淡的抽离感。

时下的文字里，大家对“热点、槽点、痛点”总是有一种莫名的兴奋感，然而你常常会忘记，这些点常会把人带进一种情绪旋涡，让你失去对事件本身应有的正确认知。久而久之，当事情发生在你身上的时候，情绪就会被操控，无法正确看清即将跨越的路，所以我们大多数人需要孤独，这样会让那躁动的灵魂停下来歇息，以便再次鼓起勇气踏上征程。

曾经有个人和我说："你这个人很特别，且不说文章写得好坏，只想说你是躲在文字背后的人。"

我躲在文字的背后告诉你，生活有时候会很残酷，这就需要你要懂得生命中孤独的意义，从而让自己保持清醒的头脑去面对未来的路。我们面对这个世界可以柔软，也必须坚硬，哪怕你失去了一切，也要保留另一个孤独的自己。在你忘记自己的时候，他拉拉你的衣角，告诉你，要爱自己。

记得爱自己，记得留份孤独给自己，它是你给自己留的一把备用钥匙，是你能够随时再来的勇气。

## 2

不知道看完这本书的朋友，你们在掩卷的时候是否有所收获？如果有，那就是我最大的荣幸了。

这本书其实走过了一段艰难的历程才到达你们手里，它经历了我这大半年来不断改变自己的历程。当初编辑拍板签下我的时候，我其实才写作不久，我不知我的文字会给大家带去什么，也不知该用怎样的形式去表达我内心汹涌的情感。

我们在商量写什么的时候，编辑说："写故事吧，真实的情感故事。"

当时这个题材对我来说确实有点难，因为我没有写过，担心写不好，后来我渐渐把自己沉浸到过去……发现很多故事一直藏在人生卡带里，鲜活如昨。

也就是说，大家在看书里的一个个故事，其实都是在看真实的我。书是一个作者浓缩的人格，相信看完此书，你们大概了解我了。

关于出书这件事，我给大家讲一个额外的小故事吧。

三年前，我去一个门面非常小的寿司店吃东西，被店里面的用心装饰、美味食物感动，忍不住就和店主攀谈起来。

她是个态度温和、眼神清澈的女生，以至患有脸盲的我至今能记住她的样貌。在和她聊了半个小时后，她突然说了一句话：“你应该写一本书，把你的想法告诉更多的人。”

我有点茫然，而后笑着挥挥手说：“那怎么可能呢！”

写作像是我的一个缥缈虚无的理想罢了。

但从去年7月开始动手写下第一篇文的时候，我明白一个道理：你想中大奖，起码要出门去买张彩票吧。

只要动手写，不断提高自己，才有靠近梦想的可能。这句话不是鸡汤，因为深夜我在台灯下写东西的时候，我知道我不后悔自己选择的这条路，我每天都在孤独中，思考我的人生，然后坚实地踏上未来的路。

念念不忘，必有回响。

一年走下来，从毫无写作经验到变成多个平台的签约作者，读者公号专栏作者、初心客厅专栏作者、张德芬空间的签约作者……我最重要的收获是对生活态度的改变，我不怕奋斗路上的孤独，我觉得它反而能给予我力量。

感谢在这个转变过程中给予我支持的编辑、家人、粉丝、朋友们，你们的宽容和理解，就是对我最大的善意。

后来，我试着去那个之前给与我梦想的小店，可惜关门了。听说在城市的另一边，她又重新开了店，这家小店人气越来越高，我却再没有去光顾过。但我希望拿到书的这一天，我带着我的书去那个小店，与那个给我埋下梦想种子的店主人见一面，感谢她几年前对一个陌生人的鼓励。

每个在生活中努力征战的人都是了不起的勇士。

愿你们的孤独，不辜负你们走过的路。